DU MÊME AUTEUR

Romans, recueils de nouvelles

SOLSTICES, Regent Press, 1977.

LE POIDS DES ÊTRES, Éditions de l'Océan Indien, 1987.

RUE LA POUDRIÈRE, Nouvelles Éditions Africaines, 1989.

LE VOILE DE DRAUPADI, L'Harmattan, 1993.

LA FIN DES PIERRES ET DES ÂGES, Éditions de l'Océan Indien, 1993.

SOLSTICES (nouvelle édition), Éditions Le Printemps, 1997.

L'ARBRE FOUET, L'Harmattan, 1997.

MOI, L'INTERDITE, Éditions Dapper, 2000.

PAGLI, Éditions Gallimard, 2001.

SOUPIR, Éditions Gallimard, 2002.

LE LONG DÉSIR, Éditions Gallimard, 2003.

CONTINENTS NOIRS
Collection dirigée par Jean-Noël Schifano

L'Afrique — qui fit — refit — et qui fera.
Michel Leiris

ANANDA DEVI

La vie de Joséphin le fou

roman

© Éditions Gallimard, 2003.

Elles dorment. Avancer sur la pointe des pieds. Pas autrement. Pas faire de bruit : elles dorment.

Ah ! Elles dorment. Les regarder vite pour pas les perdre, pas perdre un brin un fragment une lumière, pas perdre une respiration, une grimace de leurs petites bouches tendres salées, un geste des doigts aux ongles humides, un orteil grattant la plante de l'autre pied. Penser à recueillir le sable où elles ont dormi, après, et l'étaler là où moi je dors, ainsi dormirai un peu sur elles, en elles, au fond tout au fond enroulé comme leur enfant à toutes les deux, mes petites, ah mes petites.

Chut, pas rire pas pleurer, elles doivent pas entendre, rien doit déranger le sommeil de mes princesses, mais regarde, mon cœur se tord, elle a le pouce dans la bouche, regarde donc, c'est pas supportable à voir, ma Solange dort recroquevillée pouce en bouche, robe levée haut haut haut à la lisière de quel âge a-t-elle, quinze ans, elle doit avoir quinze ans, elle a cette beauté-là, mais miracle, le pouce, elle en a moins, elle a trois ans, la robe remontée ligne adoucie genoux près de la poitrine yeux doux cernés fermés de fatigue et de chagrin, rêves insolites et j'aimerais bien savoir, aller écouter son cœur, battre, écouter sa tempe où flottent, ses rêves, écouter le bruit léger de succion, sa langue sur son pouce écouter, froissement d'une cuisse contre l'autre, crissement des sables sous son corps écouter.

À force, je peux plus dormir. Épuisé de les regarder, de les savoir là.

Boire les rêves de Solange écouter sa nuit être la lune de ses envies, elle redevenue.

Fredonner une comptine pour palper leur sommeil : *mo pasé larivyer Tanyé mo zwenn enn… enn… mama? granmama?*

Je sais plus. Je connais pas la suite. On me l'a chantée, il y a longtemps. Elle a jamais chanté le reste. Elle a jamais su m'endormir. La rivière Tanier pouvait garder toutes ses mères et ses grand-mères. Moi j'étais perdu parmi les cabots.

De toute manière, c'était pas une mère, celle qui m'a jamais chanté que des bribes sans suite sans arriver à me faire dormir. Qu'est-ce que ça peut me faire. Personne, personne, jusqu'à mes deux petites, sucre d'orge sur ma langue ; si fatiguées ce jour-là après leur lutte, si douces de sueur et de sel, nuit au fond de leurs yeux après la plongée, et maintenant, de chagrin brisées, dormies de peur, pas peur de moi, je vais rien leur faire, les ai cueillies de l'arbre comme des fruits, les mangerai pas, les savourerai des yeux, c'est tout, les connais depuis longtemps, les petites filles rieuses de Case Noyale, reconnais leurs pas dans le sable, suis à la trace leurs jeux, connais leur nom, Solange, Marlène, sœurs presque jumelles, jumelles presque sœurs, elles me connaissent pas, seulement ma légende peut-être, et si elles me demandent je leur dirai mon nom, je dirai : « Joséphin ». Je dirai pas Joséphin-fou, ou Zozéfin-fouka comme disent les gamins des environs, torse brun, short mou, pieds nus, pattes maigres, détalés dès que je les regarde, je dirai pas le pêcheur-tout-nu, je dirai pas zom-zangui, tous ces noms qu'ils me donnent parce qu'ils comprennent rien et se moquent de ce qu'ils savent pas, comme les pêcheurs qui me voient pas couper les lignes et crever les casiers, le soir, et quand ils arrivent beau matin il y a pas de poisson pas de homard, il y a que des gros trous dans les casiers inutiles par où passe le vent et ils enragent, ils bavent de colère, et ça me fait rire du trou où je me cache pour voir : ils peuvent pas venir pêcher dans ma mer, ils ont pas le droit de piétiner mon lit et mon corps, personne peut mettre les pieds ici sauf si je permets. À mes petites, je permets, je les invite j'ouvre mon royaume, mais pas à eux : de la bouche des pêcheurs sortent des mots laids brûlants toujours sur la mère, peut-être qu'ils l'aiment pas, leur mère, peut-être qu'ils l'ont pas connue, sinon pourquoi dire ces choses-là, et quand ils raclent à grande gorge et crachent leurs mots dans mon eau, c'est comme si j'ai ouvert ma bouche grand pour boire le monde et que je reçois, à la place, une salive tiède et acide.

Mais ils peuvent pas me voir. Ils savent pas où je suis, où je me cache, trop malin pour eux, ils croient que c'est facile, ils appellent la police et les chiens, la police énervée parce que ça fait longtemps qu'ils me cherchent pour rien, juste parce que, mais c'était rien, j'avais rien fait, c'était pas moi, les ai trouvés comme ça et puis j'étais juste un adolescent, je savais rien, j'avais mal d'être si seul, si mal d'être seul, mais je sais me cacher, les chiens peuvent pas me trouver parce que j'ai pas l'odeur des hommes, moi, je sens pas la mauvaise graisse et le rhum et la viande de porc, je sens la mer et le large, je sens le goémon et le poisson et surtout l'anguille, parfois je joue avec eux, je reviens à la surface et je deviens un rocher tout nu et tout noir avec des algues sur les, ils sont partout autour de moi, ils regardent vers le large et puis vers les côtes, les chiens deviennent fous parce qu'ils sentent quelque chose mais pas l'homme, ils savent pas quoi chercher, et ils commencent à mordre leurs maîtres puis les pêcheurs et ils sont tous obligés de fuir avec leur odeur de peur et de rouille, ils voient rien, ils entendent rien, moi je suis couleur-roche, couleur-galet avec le silence dans la bouche et la mer qui grouille en moi,

Joséphin le fou se moque bien d'eux, leur rit à la face, leur chie dessus, et puis s'en retourne vers ses profondeurs.

C'est pour ça que maintenant non plus, ils les trouveront pas. Ils nous chercheront, mais ils nous trouveront pas. Rien, personne. Je suis plus fort qu'eux. C'est ainsi. Mes jolies jolies jolies petites filles douces molles et argentées pouce dans la bouche je vous dis pas, Solange qui a dit de sa petite voix, qu'est-ce que vous voulez, pas « toi », elle m'a pas dit « toi », petite fille bien élevée, elle m'a dit « vous », tremblante et secouée entre mes mains quand je l'ai apportée ici, et tombée dans le sable quand je l'ai lâchée, si jolie, Solange, et l'autre, Marlène, pas jolie, non, mais pleine et grosse, gros bébé joufflu et ensemble elles sont elles sont je sais pas comment expliquer, jolie-vilaine, paire de petites filles, canard boiteux-tourterelle des mers, ensemble ensemble, toujours, elles sont.

Maintenant, elles dorment.

Recueillir le sable sous leur corps, pas oublier, hein, Joséphin.

Lécher un petit peu le cristal de sable collé à mes doigts.

Les laisser dormir et aller chercher mes anguilles.

Anguilles. Longue histoire d'amour. Joséphin, pareil, disait-on, à une anguille, qui se transforme, coule s'enfile suinte dans les trous des rochers, à l'envers des cailloux, dans les trombes du soleil, court en faisant balancer son, sa, sa tête, traverse les crevasses noires des hommes la méfiance des cœurs d'homme les pitons des yeux d'homme. Zozéfin-zangui, oui, comme ça aussi on m'appelle, mais je préfère être pareil aux anguilles que celui qu'on efface en marchant sur son ombre.

Vous raconter maintenant ? Oui, peut-être. Elles dorment. Ou plutôt non, pas maintenant. Plus tard.

Avant, c'était les crabes que je cherchais. Croquer les crabes vivants, vous avez déjà fait ça, on les attrape par là-haut, les doigts fermes faut pas trembler ni céder sinon ils vous tranchent un doigt, mais moi j'ai des crocs des griffes des ongles pareils comme les pinces des crabes, mes ongles à moi ils cassent pas ils plient pas ils sont polis par le sable, ils sont, ils sont poncés par les galets, effilés par la marée depuis que je suis enfant et qu'elle fermait la porte, et je venais par ici chercher des crabes parce que je savais que j'aurais rien à manger pendant trois jours, ses trois jours de ripaille, elle disait devant la glace avant de fermer la porte, elle se parlait dans le miroir, elle disait «ma jolie», mais elle l'était pas, non, pas jolie-Solange, pas jolie-laide-Marlène, jolie comme elle le pensait, elle, jolie-Marlyn Moro, elle disait, en regardant sur les murs les photos de la Marlyn Moro qu'elle avait collées partout, elle voyait que ça, des photos découpées dans des revues, collées sur les murs comme si elle affichait ses rêves, mais je comprenais pas, je trouvais pas qu'elle ressemblait à ça, sur les photos la fille avait des cheveux jaunes et des yeux pâles et une peau blanche et une bouche rouge, elle, elle a les cheveux noirs, et les yeux noirs, et les lèvres noires, la seule chose qui ressemblait, c'était les, c'était les enfin, vous voyez, je peux pas, peux pas prononcer ces mots-là, pas le droit, interdits, ces mots-là, la fois où je les ai dits, souvenez-vous, j'avais juste trois ans et j'avais entendu un tonton, j'en ai toujours eu beaucoup des tontons à travers la cloison de carton ondulé qui sépare mon lit du sien, ils passaient beaucoup, les tontons, par là, et moi un soir dans mon lit je dors pas, j'entends le tonton du jour qui dit «donne-moi tes» et puis «donne-moi tes» et le lendemain, elle est debout devant la table de la cuisine, elle regarde un vieux magazine de cinéma avec d'autres photos de Marlyn Moro avec pas beaucoup de vêtements dessus, je suis venu derrière elle et en souriant pour lui plaire parce que hier elle avait l'air contente quand le tonton lui a dit ça elle a ri de ce rire grincé qu'elle a quand elle est heureuse et qu'elle a peur d'être heureuse, et alors moi, je viens derrière elle, je l'entoure de mes bras, mon visage arrive juste à la hauteur de ses, c'est rond moelleux chaud doré j'oublierai jamais ça sous sa robe la douceur la plongée dans quelque chose d'immense et de dense et de si rond mon petit visage de trois ans ma bouche mon nez tout cela accueilli absorbé avalé et j'ai dit pour lui faire plaisir comme le tonton, « donne-moi tes » et puis « donne-moi tes », mais.

La gifle m'a fendu la lèvre en deux.

Ça a fait une grosse giclure de sang sur elle et par terre.

J'ai su tout de suite qu'il fallait pas prononcer ces mots-là. Et plus aucun mot, d'ailleurs, puisque j'ai plus jamais reparlé. Pas tellement à cause de la gifle, c'était pas grave, la lèvre, ça se répare facile, mais le tonton qui est entré juste à ce moment-là, qui m'a vu comme ça, il avait une bouteille à la main et sans rien dire, presque sans haine, il a cassé la bouteille sur mon crâne.

J'ai couru sans pleurer jusqu'à la mer. Elle avait l'air rouge parce qu'il y avait du sang dans mes yeux et puis dans ma bouche. J'ai plongé dans la mer sans y penser, je savais pas nager mais je savais pas quoi faire d'autre, j'avais personne qu'elle, les gens du village avaient des yeux de fouine quand ils regardaient ma mère et les enfants du village avaient des rires de fouine quand ils me voyaient, autour de nous tout avait cette figure haineuse et j'avais peur de tout, je savais déjà qu'il fallait pas sortir le matin quand les enfants allaient à l'école et les familles étaient habituelles parce que je traînais toute la journée dans la cour, je jouais avec les vers de terre, je me disputais avec les poules du village pour trouver les vers de terre parce que j'aimais bien les voir se tortiller et glisser brillants entre mes doigts comme des perles de morve, mais j'avais pas peur de la mer, j'ai jamais eu peur de la mer et cette fois-là non plus j'ai pas eu peur quand j'ai plongé du rocher, pas peur du tout, au contraire, elle m'attendait.

C'était si mou et accueillant et dense et chaud que j'ai été heureux pour la première fois. Heureux, mais heureux, aucune peur, je comprenais pas encore l'idée de la noyade, mon visage plongeait dans la rondeur de la mer et elle se séparait pour me recevoir, me rejetait pas, me giflait pas, m'assommait pas, me fendait pas le crâne, première fois qu'on m'offrait des bras, les yeux ouverts sous l'eau pour bien voir, porté par l'eau salée, si salée qu'elle était comme une main élastique soupesant mon corps, j'ai vu les couleurs de ses dessous et j'ai ri.

Des créatures sans voix glissaient dans un habitat d'algues et de sables, parfois même couleur que mon sang qui filait encore et fleurissait comme des roses de corail sous les eaux. Le silence et le silence encore. Entendre pour la première fois un silence bleu comme une main passée sur tous les bruits de ma tête, sur les cris qui restaient coincés dans mon ventre, sur les bavardages incessants que je suis obligé d'avoir avec moi-même. Le silence bleu de la mer, ombre de sa main, m'écoute et me dit de me taire : les mots sont inutiles.

Très vite la mer a lavé et cicatrisé mes blessures, le sang est devenu rose chair puis transparent et argenté et a disparu tout à fait. J'ai pensé que j'avais perdu tout mon sang, et que, par les mêmes trous, la mer était entrée en moi. J'ai pensé que si je me coupais encore, c'est l'eau salée qui sortirait.

Je suis resté longtemps à regarder les bancs de poissons. Il en passait des noirs, tout noirs et opaques, si denses qu'ils avaient l'air d'un brouillard et qu'on avait envie de se frotter les yeux pour bien voir. Ils se fondaient les uns dans les autres quand on regardait ailleurs, un seul corps longtemps étiré, qui bougeait avec un seul élan. Et puis il en passait des jaunes à bordure bleue, et puis des rose vif, et puis des mouchetés, et puis des rayés, tout cela dans le silence le plus total, dans un mouvement continu et sans heurts, si lisse que même les pensées devenaient planes, je voyais que mon corps aussi était tout en courbes douces pour glisser entre les eaux comme les poissons, que le tranchant nous venait que de nos pensées, sommes pas faits pour ça. Plus normal d'être ici, gestes lents et comme endormis, la tête fait pas mal, ici la gifle serait pas arrivée jusqu'à ma lèvre, ici la bouteille se serait arrêtée bien avant mon crâne, la mer amortit la brutalité, grande vérité.

Le sable tout au fond est crémeux sous mes pieds. Il les enveloppe d'un chausson fin. Je me penche et je plonge mes mains dedans, j'en mets un peu dans ma bouche, puis je me roule comme dans un bain de crème épaisse, je joue avec les nuages blancs qui se lèvent tout autour de moi, les poissons ressemblent à des oiseaux ailés, le monde est changé.

Je me suis mis sur le dos et j'ai regardé en haut le plafond de la mer, à la fois bougé et inchangeant, percé de trous de lumière et pourtant uni, fragile mais sûr. C'était la frontière. J'avais trouvé un passage pour sortir du monde.

Bien plus tard, je suis remonté, lavé de toute tristesse. J'ai pas compris à ce moment-là ce que ça avait d'étonnant. J'ai pensé à rien sauf à ma découverte. J'ai pris l'habitude d'aller dans la mer chaque fois que le monde d'en haut criait trop fort. La mer m'a accueilli chaque fois sans poser de questions, elle avait pas de voix, la mer, que des sons, transparents et mouillés, des sons qui vous bercent et vous endorment et vous cicatrisent et vous guérissent. Quand les voix d'en haut deviennent aveuglantes, vous plongez dans sa douce obscurité, présente même si vous fermez pas les yeux. Âme vide, vous êtes plus rien, qu'un poisson noir nageant entre deux eaux, les yeux froids et inanimés, suivant le cours de vos compagnons, leur courbe, leur nage, leur certitude du lieu où ils vont et d'où ils retourneront, vous avez plus qu'à vous laisser guider vous aussi, il y a toujours un courant en mer pour vous emmener, même s'il faut aller le chercher très très loin.

Tellement cicatrisées, mes blessures, même les plus saignantes, qu'elle finissait par s'étonner, l'autre, que je guérissais si vite. Elle était surprise, la Marlyn, quand parfois elle se rappelait que j'étais son fils même si je jouais avec des lombrics et parlais pas et étais gaga et savais rien faire et comprenais rien sauf les bruits des tontons que je comprenais de mieux en mieux, quand elle se rappelait cela elle venait inspecter mon corps et ma tête, toucher mon oreille qu'elle avait mordue un jour qu'un tonton l'avait quittée, retrouver un cercle de brûlure bleue qui marquait le jour où il était revenu, et comme ça elle explorait sa douleur sur mon corps, j'étais son livre d'histoires, elle se rappelait sa propre existence inutile dans mes plaies, celles qui suppuraient étaient les plus vieilles, celles où le sang était rouge étaient les plus neuves, chaque plaie lui racontait ses déboires, elle pleurait dedans sans pleurer pour moi, c'était ses blessures de vie qui la faisaient pleurer. Et alors, le jour où la mer a commencé à me guérir très vite, c'est comme si elle avait perdu la mémoire, les traces étaient là, mais pas infectées, pas suppurantes, pas d'abcès ni d'asticots et en plus elles s'effaçaient lentement, elle était perdue, elle cherchait encore et encore la piste de ses vies, mais maintenant c'était la mer qui me tenait, qui me léchait comme les chattes font avec leurs petits, nettoyant tous les coins des sales histoires de Marlyn Moro, et elle se cherchait bêtement sur mon corps et elle se trouvait pas et elle savait pas que ce que je racontais à présent, c'était la mer, seulement elle, parce que je comprenais son langage et je savais comment vivent les étoiles et les concombres de mer, et que ce sable si propre, si blanc, ce sable crème de lait qui était le pur excrément de la mer, c'était lui qui me nourrissait désormais.

Elle savait pas non plus ce que j'ai découvert plus tard, avec la compréhension des choses, quand c'était plus une surprise parce que ça faisait si longtemps que je le faisais : je pouvais vivre sous l'eau. J'avais pas besoin de respirer. J'avais tellement retenu ma respiration depuis bébé pour pas la mettre en colère et les déranger de l'autre côté du carton ondulé qui séparait mon lit du sien que c'était facile de le faire de nouveau pour rester longtemps longtemps sous l'eau. Vivre là, en captant quelques bulles d'air échappées des coquilles.

De plus en plus longtemps, oui, de plus en plus loin, découvrir tant de choses dans le silence moite et lent, où l'ordre, règne. L'ordre, oui. Pas le barbouillis de terre rousse et le ramassis de ciments mal joints et de tôle cannelée qui font semblant d'être le village de Case Noyale. Pas les murs bétonnés le long de la route pour masquer la pauvreté dans ce qu'elle a de plus affreux et de goûts cendreux, pour les cacher des belles voitures qui partent très vite rejoindre leurs points de refuge loin du mauvais linge des pauvres. Pas de souffrances inutiles. Pas de brutalité gratuite ni de cruauté impensante. Pas le plaisir de faire souffrir ou de voir souffrir. Quand on meurt, sous la mer, c'est parce qu'il le faut, la vie est balayée d'un balancement de houle sans états d'âme, l'indolence est meurtrière mais si bonne, chaque créature est offerte à l'enlisement naturel des sables et vite remplacée par d'autres, œufs devenus poissons, poissons devenus corail, corail devenu sable, tout cède face à la finalité de l'océan qui travaille pour l'éternité, pas pour un misérable temps d'homme.

Pas de moqueries, sous la mer. Pas de mots. Pas de mots.

Plus le temps passait et plus j'ai préféré me disparaître.

Et c'est comme ça que mes cheveux ont poussé riches de sel et sont devenus rouges de trop de soleil et j'ai eu cette apparence d'ange fou. Et mes ongles sont devenus si durs que je peux percer la coque du crabe, mais avant il faut l'attraper, le saisir fermement du dessus, et ses pinces pincent, ses pattes s'agitent, mais il peut rien faire de plus, c'est la limite de ses forces, et après je le retourne, je sais où percer vite vite pour l'immobiliser et le creuser et arracher des bouts de chair glissante avec le goût de la vie encore pas tout à fait partie et puis je craque ses pattes sous ma dent et je bois son jus qui me nourrit bien, c'est bon.

Mais quand j'ai découvert les anguilles, les crabes sont devenus d'un seul coup fades et sans attrait. Quand tu manges une anguille c'est comme si tu devenais un peu comme elle, tu deviens long et étiré et lisse et secret et noir à l'extérieur et blanc à l'intérieur et un peu élastique et un peu acide et puis surtout doué d'une longue longue mémoire.

Je suis devenu l'ami des anguilles quand j'ai perdu connaissance un soir dans l'herbe boueuse, dans les nappes de marécages qui forment l'embouchure de la rivière, je me suis évanoui de fatigue et de peur parce que je fuyais, et quand je me suis réveillé au matin j'étais couvert en entier, entièrement couvert d'un onduleux tapis d'anguilles affolées par mon odeur de mer et de chair.

Des bruits, en haut. Très loin, bien sûr. Étouffés par des mètres d'eau. L'eau amortit tout, elle est un tapis, un molleton quand vous êtes tout nu et les étoiles font peur, à cinq ans, à dix ans, c'est trop grand, le ciel, comment dormir là-dessous, vous avez l'impression que quelque chose est pendu là prêt à prendre votre âme, cette petite âme de chien battu que vous emportez avec vous en cachette parce qu'un jour un prêtre vous a dit en vous regardant avec pitié, il faut sauver ton âme mon pauvre enfant, mais la Marlyn Moro, elle, est prête à vous l'arracher certains jours quand elle a pas dormi de la nuit et elle vous dit je t'ai eu à quinze ans tu te rends compte à quinze ans je t'ai eu sans te vouloir qu'est-ce que tu fous dans ma vie qui t'a demandé de venir t'avais qu'à partir avant mais non tu es là vivant, enfin vivant plus ou moins, je dois te traîner partout et tu sais même pas parler tu peux pas être comme un enfant normal tu sais rien faire tu restes là à me regarder avec tes yeux de cochon et ton cœur bavant quinze ans et toute ma vie finie foutue à cause de toi quinze ans tellement de rêves tellement jolie ils disaient tous je dansais à toutes les musiques et le monde était bleu mais après tout est devenu noir noir noir depuis que tu es là pourquoi j'ai pas va-t'en sors de là sinon je vais

Et je partais avant qu'elle change d'avis et me rappelle pour me déshabiller et regarder mes blessures et se raconter sa vie en passant le doigt dessus je suis pas son livre d'histoires je voulais plus je sais que ça la consolait parce qu'elle était triste, ça c'est sûr, triste triste quand elle me disait tout ça il y avait des larmes derrière ses yeux qui coulaient pas, moi seul pouvais les voir, elle pensait pas vraiment à ce qu'elle disait et je voulais pas qu'elle souffre encore plus à regarder les marques de griffes les morsures les plaques de sang caillé c'était trop dur pour elle de voir tout ça après elle allait se maquiller pour déguiser sa face crachée de chagrin, se faire la bouche rouge comme sur les photos, mais elle a beau dire, je sais que c'est pas elle, sur les photos, l'autre, la vraie Marlyn Moro c'est une actrice méricaine et puis elle, elle a jamais eu de maillot de bain blanc elle va jamais se baigner elle sait même pas nager et puis elle, elle a pas une grande robe plissée qui se lève dans le vent elle porte des robes courtes serrées et puis elle reçoit des tontons mais c'est jamais le bon, elle leur donne l'argent que sa mère lui envoie par la poste, il y a rien qui lui reste entre les mains. Une fois elle s'est bien habillée, elle a noué un fichu sur sa tête, elle s'est pas fardée, elle a dit « mon père est mort », et elle m'a regardé j'étais assis par terre j'étais sale je faisais glaglagla en jouant avec ma langue pour m'amuser et elle a dit « même si je te lave et je t'habille bien, j'aurai trop honte de toi, ils me diront bien fait pour toi et mon père aura son sourire triste même dans son cercueil ». Elle est partie et quand elle est revenue elle était furieuse et elle a bu.

Alors, le ciel, c'est toujours trop loin et trop froid. Au début, je m'enfonçais dans le sable, mais ça rentrait dans mon nez et ma bouche et par tous mes orifices et après ça me grattait, alors de plus en plus je suis allé me cacher dans la mer, et là, c'était tiède, mon molleton mouvant, chantant, changeant, avec toutes ses lumières, tous ses reflets, jamais un seul instant immobile ou identique, les jeux infinis de l'infini liquide, et c'est elle qui m'a appris à vivre à l'abri, j'ai été de plus en plus loin, de plus en plus fond, et j'ai trouvé ces cavernes sèches dont l'ouverture était sous la mer et qui à l'intérieur remontaient jusqu'au-dessus du niveau de la mer, à sec, et là, on pouvait vivre longtemps et disparaître longtemps, plus besoin de sortir, que de quelques réserves d'eau douce, et la nourriture, elle, venait se jeter d'elle-même entre mes mains.

Ici, j'ai commencé à vivre, il y a longtemps. Personne savait où j'étais. Au début, quand on se souvenait encore de moi, on me cherchait un peu, et puis on a pensé que j'étais mort noyé. En fin de compte, je les ai laissés croire ça. Après, ils ont su que j'étais pas mort, mais ils pouvaient pas me retrouver, même avec les chiens, c'était ma liberté à moi, de partir et de revenir comme je voulais, de vivre et de mourir, d'être insaisissable comme le vent, et de faire des petites méchancetés pour me venger de leur indifférence. C'était ma liberté à moi.

En haut, sur le dos de ces cavernes, les roches forment une cuvette, un bol qu'un étroit tunnel remplit d'eau à marée haute. Au soleil couchant, cela ressemble à de l'or fondu. La surface est lisse, elle brille, on la croirait solide, on pourrait presque glisser dessus. Même les ondulations de l'air s'y reflètent, et les cris des oiseaux. La mer dorée remplit la vasque. Loin au-dessous, Joséphin dort et vit.

C'est ça qui les a attirées ici, les petites. Tous les jours, elles jouent sur la plage. Souvent, elles se sauvent de l'école pour venir par ici, où on les cherchera pas. Ce jour-là, arrivées en cette heure brève où la marée remplit le bol, elles se sont arrêtées devant les rochers, elles se sont imaginées prenant un bain dans ce métal fondu et sortant de là comme des statues de cuivre, c'était leur jeu de toujours inventer des histoires à deux, et elles ont pris des poses de statues antiques, essayant de tenir la pose et pas rire, mais elles pouvaient pas, non, pas longtemps, elles commençaient à sourire en coin et puis à trembler et puis elles se pliaient de rire, mes petites statues trop vivantes, trop chargées du jus de la vie, et ensuite elles se sont approchées du bol, fascinées par ses reflets de mondes étranges, aux colorations inconnues, aux formes inversées. Solange, la première, a tendu son petit orteil pour toucher la surface polie, pour la froisser du plus léger des frissons au contact de cet orteil plus petit que l'ongle de mon majeur, je vous assure, j'ai mesuré, elle se doutait pas qu'il y avait quelque chose, quelqu'un sous cette nappe étincelante qui les surveillait les yeux grands ouverts sous l'eau, étendu et immobile comme un maldak vautré dans le sable, l'œil aux aguets. Il les voyait en transparence. Fluides et inondées, il entendait leurs rires à travers les couches de lumière. Il a vu le clin d'œil de l'orteil à peine pénétré, les très légers remous qui s'en déroulaient. Il a vu la plante molle et claire du pied au-dessus. Il a vu la continuité de la jambe de Solange. Lentement, il a tendu le bras. Délibérément, il a sorti sa main de l'eau et l'a refermée autour de sa cheville.

Elle a eu si peur qu'elle a pas crié, a juste rentré sa respiration comme sous un coup de froid, en un fragment d'instant elle a pensé à beaucoup de choses une ourite un poulpe tentacules presque noirs sensation de peau étrangement familière fermeté des chairs peut-être une gueule mais une gueule ferait plus mal dents pointues il y a pas de dents mais cela serre c'est un serpent de mer, empoisonné ? sais pas mais il faut le détacher ça va faire mal Marlène saura le faire Marlène sait tout elle aura pas peur de l'attraper avec ses doigts elle est si forte je veux pas mourir pourquoi ça tire pourquoi c'est si fort c'est qu'une petite chose de rien du tout une bête plus petite que moi

Et ensuite son esprit a dû lui dire la vérité, que c'était une main d'homme, impossible, sous l'eau, mais ça fait longtemps qu'on est là on a vu personne il a pas pu rester si longtemps sous l'eau et son esprit a pas su lui dire, puisqu'il le savait pas, que cet homme-là, oui, peut rester sous l'eau indéfiniment et infiniment et qu'il pouvait attendre que viennent se prendre dans la nasse de ses envies des petites poissonnes de cuivre au rire clair et son esprit a pas eu le temps de lui dire grand-chose de plus puisque la main, alors, a tiré d'un seul coup d'un coup sec sur la cheville et elle était si légère, Solange, je vous dis, si mince et déroulée qu'elle est venue tout de suite comme ça elle a glissé comme une anguille de sa roche glissé dans l'eau et vers moi sans résistance aucune son visage surpris ses yeux énormes ses cheveux plus lourds qu'elle dressés au-dessus de sa tête et puis étalés en auréole autour du petit visage à l'énorme surprise, j'ai lâché sa cheville, l'ai prise par la taille, oh, si minuscule, cette taille, à peine, à peine, je l'ai tenue tendrement, fallait pas la briser, mais fermement, fallait pas la lâcher, ma poissonne, et j'ai emprunté les tunnels qui conduisaient vers le bas, elle commençant à se débattre, mais pas trop, la mer fait peur, son silence fait peur et la perte des sens, commençant à se débattre mais tenue fermement tendrement, je l'ai menée vers la porte d'entrée de ma maison, là où l'attendait son devenir de princesse.

Et alors, là, gros plouf sonore derrière moi, gros plouf lourd, poids lourd incompréhensible tonne de chair qui tombe dans l'eau au-dessus de nous, obligé de m'arrêter et de regarder en haut, même si Solange s'agite et étouffe de peur et croit mourir, et c'est la sœur qui plonge vers moi, ô miracle, miracle de ma vie, elle que j'avais toujours vue de loin comme une ombre à sa sœur, grosse grasse laide comme un bouchon mais ô la voyant arriver ainsi j'ai tout compris j'ai compris qu'il me les fallait toutes les deux, l'une était rien sans l'autre, Solange pouvait pas être belle sans Marlène et Marlène serait pas laide sans Solange, séparées elles étaient rien, aucune importance, mais ensemble, ensemble, leur musique inoubliable dans mes yeux dans mes crevasses dans mes gerçures, en découvrant cela j'ai ouvert mon bras libre grand grand grand et mon cœur libre grand grand grand pour Marlène qui venait sauver sa sœur en nageant vers moi en venant à la rencontre de mon corps suspendu et c'était si clair qu'elles devaient toutes les deux les remplir, mes bras, pas l'une sans l'autre, mes petites, mes tendresses. Je l'ai saisie toute, elle était lourde et vraie mais aucun déséquilibre, aucun, avec le papillon d'à-côté, lorsque je les ai entraînées, mes plus glorieuses prises, vers la maison de Joséphin le fou.

Ha, ils croiraient pas leurs yeux, les là-haut qui hurlent au loup quand ils me voient, qui doivent chercher une arme, un bâton ou leur poing pour me faire face, et leur corps qui leur sert à rien se trempe d'une mauvaise sueur et leur bouche se plisse d'aigreur. Ils peuvent pas croire que j'ai deux princesses qui m'habitent, les plus précieuses de Case Noyale, le village solitaire au bout du monde, elles ont du soleil au bout de leur nez et des notes de musique grelottant sur leurs doigts, et quand les garçons les voient jouer de loin toujours suivies par la lumière comme si le soleil a jamais assez de les caresser, quand ils voient leurs danses dans le sable, ils pensent qu'elles sont très loin, deux reines enveloppées de la soie de leurs rêves dans la blancheur de leurs histoires, et ils approchent pas parce qu'ils connaissent pas le chemin de leur petite âme.

Moi, oui.

Solange-Marlène, de vraies fleurs des sables, pas comme la Marlyn Moro qui se dessinait un visage avec son rimmel parce qu'en réalité elle en avait pas, de visage, il y avait un vide là, une absence de traits, pareille au trou qu'elle avait à la place du cœur.

Solange-Marlène, elles, en avaient du cœur, plus qu'il en faut. Un cœur oscillant d'oiseau, d'animal blessé, de feuille d'hiver, de papier mousseline, de vent triste — mais pourquoi triste? qu'est-ce qui pouvait bien les rendre tristes? quelles ombres pouvaient bien charger le front de mes jolies quand elles se tenaient par la main et regardaient le soleil en face? peut-être qu'elles savaient le départ impossible de cette île creuse comme une paume, qui pouvait si facilement se refermer sur elles et les broyer, et qu'elles rêvaient tout le temps d'être ailleurs et d'être quelqu'un d'autre alors qu'elles avaient seulement besoin d'être elles-mêmes; elles-mêmes, c'était suffisant pour toute l'île et le monde et l'univers des étoiles uniques.

De loin, de si loin, toujours, je les voyais, je les épiais, si seules en elles-mêmes et si complètes. D'abord minuscules comme des coquillages, puis déployées en — en quoi? pas en femme, non, pas encore, pas quand Solange laisse sur le sable des traces de pas d'enfant et que Marlène, courant, tremble encore de ses graisses enfantines, pas en femme parce que pour moi ce mot ce mot je l'ai trop entendu prononcer de l'autre côté de la cloison et ce mot alcoolique était vomi par celui qui s'affairait sans promesses et était-ce bien une femme qu'il avait sous lui en ce moment ou quelque chose d'inhumain et d'innommable à quoi ressemble une femme quand l'homme la perce les yeux fermés, avec des mots qui sortent tous comme des injures, c'était pas ça qu'elles devenaient, elles, non, regardez-les, si matinales, couleur d'aube, couleur d'ailes, alors que l'autre était nocturne, l'autre était couverte de nuages, dormait le jour pour vivre la nuit et avait au matin ce visage de chiffon-la-cuisine détrempé d'alcool, le soir fleurissait de ses couches de peinture qui creusaient des trous de vrais trous dans son visage qu'elle devait remplir d'encore plus de crème et de poudre et quand elle me voyait la regarder muet dans la glace elle s'énervait et faisait une grosse tache rouge au-dessus de sa lèvre, et si elle pleurait c'était des larmes noires et si elle riait cela faisait comme une porcelaine qui craque et les ébréchures restaient figées de chaque côté de sa bouche et il fallait tout recommencer et un jour, j'avais dix ans peut-être, elle s'est regardée et elle a dit j'ai vingt-cinq ans et au crayon noir elle a marqué un deux sur une joue et un cinq sur l'autre et elle a fait un visage de clown elle a chanté « happy birthday to you » et elle a lancé des baisers dans l'air, pour une fois elle avait l'air gentille et jolie avec sa face de clown, mais après elle s'est déshabillée et son corps pas maquillé était vieux et elle est allée dormir, j'ai ramassé ses vêtements qui sentaient la mauvaise eau de Cologne et puis d'autres choses et j'ai été les brûler au fond de la cour pour pas les sentir et après je suis revenu et je suis resté toute la nuit debout près de son lit pour la regarder vivre, tu étais si seule je pouvais rien te donner je te parlais pas tu me voyais pas ou seulement par hasard notre maison était vide de tout sauf des hommes qui la vidaient encore plus nos corps étaient vides sauf de nous-mêmes et il y avait plus rien pour toi ni pour moi, les désemparés de la terre.

Je sais même pas si elle s'est rendu compte quand j'ai disparu. Pourtant, elle s'était un peu habituée à moi, elle a quand même dû se rendre compte, qu'un coin de la maison était plus habité, qu'il y avait un espace vide là, une absence de fouillis poussiéreux et de faim, un lieu d'où avaient disparu des yeux qui d'habitude la dévoraient, elle disait que j'étais un gaga, un retardé, c'est tout ce que j'ai pu enfanter, un gaga, elle disait quand elle avait quelqu'un à qui parler, mais elle s'efforçait de pas me voir, c'est peut-être pour cela qu'elle a pas su que j'étais plus là. Déjà vieille à vingt-cinq ans, ma mère, il y avait plus beaucoup de tontons, je le voyais, elle savait pas quoi faire de ses nuits, elle allait-venait, mangeait à toute heure, parlait toute seule, le jour elle essayait de dormir mais elle était pas fatiguée, alors elle tournait dans son lit, poussait des cris de rage contre la vie, se couvrait la tête pour pas voir le soleil ou pour que le soleil la voie pas, elle tombait en lambeaux dans sa tête.

Un jour sa mère est venue avec un prêtre pour lui parler, pour l'aider, ils sont entrés dans la maison et ils ont eu l'air choqué, ils m'ont pas vu tout de suite et plus tard quand ils m'ont vu j'ai lu dans leurs yeux qu'ils avaient du mal à comprendre ce que j'étais, ou plutôt, ils voulaient pas comprendre, faut dire que je savais jouer la comédie, j'étais sale et maigre et mal foutu et quand je les ai vus venir je me suis sali un petit peu plus et puis je me suis tenu tranquille en faisant semblant de dormir dans mon coin, quand ils sont entrés ils ont pas compris, ils ont cru qu'il y avait un chien qui dormait là et ils ont pas fait attention à moi, ils ont commencé à lui parler à elle, elle avait eu une mauvaise nuit et bâillait, aigre, aigre, son visage un masque affreux, sa mère tremblait, se mouchait discrète dans un mouchoir à fleurs et à dentelle qui sentait très bon, le prêtre était triste il avait des yeux bons mais des yeux faibles, il a regardé les photos de Marlyn Moro sur les murs et la robe courte et les cuisses désenchantées comme s'il comprenait les choses mais n'y pouvait rien, ils ont demandé alors où j'étais, ils ont dit qu'ils voulaient me prendre, me faire soigner, me mettre à l'école, alors elle, sans me regarder, a indiqué de la main l'endroit où j'étais et elle a dit « ala li la » et ils ont suivi la direction de sa main et ils ont eu ce petit sursaut, terrible, parce que tout ce temps ils avaient cru que c'était un chien qui dormait là, un chien, oui, vous pensez, moi, Joséphin, et sa mère a dit « Jésus Marie Joseph » quand je me suis mis debout tout nu tout maigre cheveux fous puant de toutes mes forces, elle a eu un geste vers moi mais elle a pas pu, elle a pas pu dans sa grandeur d'âme elle s'est enfuie, oui, en maudissant sa fille, et le prêtre l'a suivie, mais avant de partir, il a dit à l'autre « nettoyez-le, on va revenir le chercher, ce pauvre enfant » et, me regardant, il a dit « il faut sauver ton âme, mon pauvre petit » et je sais pas si l'autre a compris, parce qu'elle est restée assise sans bouger, les yeux flasques, les mains molles, on dirait qu'elle avait plus de forces, mais je crois pas qu'elle pensait à moi, elle a seulement murmuré « passe-moi la bouteille », alors, moi, je lui ai tendu la première bouteille venue et j'ai détalé.

Je voulais pas aller avec eux. Je crois que j'aurais pu rester avec elle, parce que je pouvais faire le va-et-vient entre la mer et elle, elles me consolaient l'une de l'autre, et je crois qu'elle avait encore besoin de moi. Mais là, je pouvais plus rester. J'avais rien à voir avec des mouchoirs de dentelle ni des sauveurs d'âme, je voulais être libre, je voulais pas aller à l'école des enfants sauvages, je voulais être libre, j'ai plongé dans la mer pour disparaître et on m'a plus jamais réellement revu au village sauf comme une ombre, un fantôme, un monstre, Joséphin le fou, Zozéfin-fouka, ils disaient, on savait que j'étais par là, que j'étais pas vraiment mort, mais on était jamais sûr que c'était bien moi qu'on avait vu, juste bon à faire peur aux enfants, mais les enfants ont plus peur de rien maintenant, c'est d'eux qu'il faut avoir peur, et de leurs yeux cruels, ils sont habitués aux monstres, pourquoi auraient-ils peur ?

Ça fait longtemps que je l'ai pas vue.

Enfin si, quelquefois je retourne là-bas le soir pour voir comment elle va, ce qu'elle fait, avec qui, enfin si elle toujours là, vivante ; mais c'est quoi, être vivant ? Je sais encore pas.

Alors, dès que j'ai vu la maison et constaté qu'elle est toujours là, je repars. Pas la peine d'en voir plus ; de se faire mal au cœur en l'observant plus longtemps et en voyant les ravages et le temps détruire Marlyn Moro qui pend en lambeaux jaunis sur les cloisons de sa vie, qui s'efface progressivement, on voit plus les bords, elle se dilue dans la transparence du jour, devient plus fantôme que Zozéfin. Longtemps, j'ai regardé l'eau de cuisine qui coule du tuyau cassé dehors pour savoir qu'elle vit. Parfois, je touche la boue qui se forme sous le tuyau comme pour croire que je la touche, elle.

Est-ce qu'elle se souvient ? Je sais pas. Même quand j'étais là, elle se souvenait pas de moi. Comment se souviendrait-elle maintenant que je suis parti ? D'ailleurs pourquoi ? C'est pas parce que je suis sorti d'entre ses cuisses qu'elle me doit quelque chose. Elle me doit rien,

rien du tout. Elle avait rien demandé, elle. Elle voulait la présence d'un homme, au lieu de quoi, j'ai poussé. Elle voulait quelqu'un à qui parler, mais elle a eu un petit animal qui a vite cessé de prononcer des mots, sauf dans sa tête. Elle voulait vivre normale, mais elle a dû apprendre à avoir honte de moi. C'est pas sa faute. Je la déteste pas, surtout depuis que je les ai, elles. Je comprends les choses. Je comprends surtout que ce corps-là est pas fait pour être massacré par un enfant. Car c'est ça qu'on fait quand on arrive, non ? On les déchire pour sortir. Et on cesse pas de les déchirer pour être.

Le pêcheur fou, le pêcheur fou. On a beau dire, il aurait des choses à vous apprendre, le pêcheur fou, lui qui a vécu dans le monde d'en bas, celui des lumières muettes et des ombres liquides. Celui à qui la mer a donné naissance lorsque plus rien en haut l'accueillait. Le complot du rejet, c'est pas Marlyn Moro seule, c'est vous tous. Ricanez pas, vous aussi avez fait de Joséphin, dans votre petite tête ordonnée, un fouka qu'il faut rayer des souvenirs. Vous avancez un instant à côté de lui, mais bien vite vous aurez envie de l'abandonner, son odeur d'homme vous fera fuir. Et je sais bien qu'en prenant Solange-Marlène je vous ai donné le droit de me détruire. On agit pas comme ça, dans le monde d'en haut. Même pas par besoin d'amour. Même si c'est parce que votre chemin est arrivé au point où vous savez qu'il y a pas de retour possible, et l'amour dont vous avez besoin, il faudra le voler. Mais moi aussi j'ai droit au bonheur. Si ce bonheur c'est de les contempler chaque seconde tandis qu'elles dorment, jetées dans le sable, de regarder le soleil se lever sur leur joue ronde, de voir le sommeil s'appuyer sur le bleu de leur paupière, d'écouter le langage de leur corps quand elles s'absentent d'elles-mêmes, de surveiller les minuscules sursauts qui ponctuent leur repos, de guetter les hoquets qui restent lorsqu'elles ont cessé de pleurer, si c'est ça mon bonheur, qui peut me l'interdire ? Pas vous, tout de même, pas vous. Car vous le partagez bien un peu avec moi, en ce moment précis, ce bonheur-là. Non ? Sinon, vous seriez pas là.

Vous seriez pas là.

Des bruits, des pas, la lourdeur animale des hommes, en haut, qui les cherchent. On les croira noyées, les pauvres petites. Peut-être qu'elles le sont un peu, elles sont un peu des noyées qui le savent pas encore, en cet instant où l'air frais et scintillant de la cave, reflets de bleu argent sur le plafond rocheux, leur permet de dormir si tranquillement, comme si de rien n'était, alors que leurs rêves leur font croire à une fausse sécurité, elles sont en haut, libres, courant dans l'herbe chaude, il pleut de la lumière sur leur tête ronde, les moineaux font du désordre dans les épines des filaos, les bruits de l'après-midi se ralentissent, s'amortissent, bientôt l'île entrera dans sa torpeur et les gens dormiront le cœur tranquille, la puissance du rêve est telle qu'elles y croient en ce moment, les larmes ont séché sur leur visage, ne laissent qu'une trace luisante que je suis seul à voir, leur corps si tremblant tout à l'heure s'est détendu, leur pied est calme, leurs mains réunies en oreiller sous leur joue, les cils en attente d'autres larmes, mais pour l'instant il y en a pas, tout dort.

Peut-être sont-elles un peu noyées, pas parce qu'elles sont ici, sous l'eau, avec moi, mais plus tard, là-haut, si elles y retournent, la vie se chargera d'engloutir leurs espoirs et leur beauté, cette noyade-là sera terrible parce que lente, elle prendra des années et des années et elles auront l'impression d'étouffer, se regarderont doucement mourir, elles regarderont la surface scintillante tout en haut, reflets de bleu argent qui marquent la coupure avec leur enfance abandonnée, leurs rêves, les jeux sous les filaos, tu te souviens, Joséphin, tu les écoutais, caché dans l'herbe haute, et elles s'appelaient isabelle et elizabeth aux diadèmes de pierres blanches aux longs gants de soie et elles se saluaient avec emphase et valsaient l'une avec l'autre sous les chandeliers des arbres jusqu'à ce que gabriel et jonathan arrivent sur leur cheval blanc et les emportent, rêves de petites filles, petites usines à rêves, dans un château au pays des neiges, que vous êtes belle, isabelle, que vous êtes bête, elizabeth, et soudain, rires, pouffades, fous rires cachés par les petites mains, yeux malicieux, c'était là-bas quand la vie vous riait encore, mais les années passent et soudain vous êtes alourdies par votre ventre par les choses accrochées à vos chevilles par les chaînes les liens les sous les roupies les meubles les lits les murs les toits les marmites l'alcool la télé l'inutilité la passivité la fatigue l'absence la disparition

la disparition, terrible, de « vous ». Permettre cela ? Laisser s'effacer Solange avec sa robe ailée qui cesse pas de se soulever, de monter, formidable ascension que Solange elle-même sait pas, et ses pieds qui laissent dans le sable des traces dansées et sa tête bouclée si ronde si ronde et son pouce près de sa bouche, lui permettre de disparaître pour laisser la place à quelque chose qu'on devrait pas nommer ? Et Marlène, trop massive pour être que l'ombre de Solange, et si elle la suit c'est pour la protéger toujours, de son trop de lumière de son trop de rire de ses danses qui l'entraînent toujours plus loin, Marlène qui essaie de la protéger de la vie, si bonne, Marlène, si aimante et aimée en retour, car pour Solange, Marlène est la plus belle, ses formes dodues, ses cuisses plissées de bébé, ses genoux à fossettes, ses joues un peu retombantes autour d'une bouche ronde pourtour violet intérieur rose chair, mais protéger Solange de la vie est impossible, Marlène, tu le sais, on naît avec à ses côtés le noir de la vie, au début aveugle on le voit pas même si parfois on devine sa présence, mais plus on grandit plus la vue s'éclaircit et on sait que la vie est une lente mort, plus cruelle parce que lente, et la poursuite des bonheurs infimes et abrutis, ceux qui se croient heureux sont les plus abrutis une voiture rapide pour mourir plus vite et plus salement gagner plus d'argent pour raccourcir ses jours, vivre pour demain pour éviter de vivre l'aujourd'hui, sans intérêt, je veux tuer le noir de la vie qui vous surplombe, mes petites fées, que vous ayez jamais à regarder vos pieds de plomb et que vous ayez jamais mal à regarder la lumière en face alors que c'était votre rituel, souvenez-vous, chaque matin, chacune à son tour fermait un œil puis l'autre pour regarder le soleil et une petite prière païenne inventée par vous au dieu soleil, mais de loin, vous deux lui clignant de l'œil comme ceci, ça ressemblait à des invites, et si j'étais le dieu soleil, est-ce que je serais pas accouru tout de suite, je vous demande un peu, tu crois que je serais resté bêtement accroché au ciel pour briller sur un monde imbécile, pas du tout, missié-madame, j'aurais tout laissé tomber, ma fade mission d'éclairage et de chauffage du monde pour longer sur vous deux et vous éclairer et vous chauffer vous seules, dans tous vos recoins votre endroit et votre envers votre peau et votre chair et l'intérieur de votre bouche et de votre oreille en coquille et même dans le joli fouillis de vos narines, quitte à vous brûler un tout petit peu et qu'est-ce qu'on aurait joué tous les trois, alors, avec mes mille rayons et ma bouche chaude, vous imaginez un peu, tandis que le reste du monde est là à grelotter dans le noir, nous trois ça serait un bain d'or liquide, vous devenues statues de cuivre, naissance dans la lumière, Solange aux omoplates en forme d'ailes naissantes, Marlène couleur de terre nacrée de boues, moi soleil, pas Joséphin le fou, non, venez, venez, mes petites, je suis la lumière du ciel.

Je vous empêcherai de disparaître comme l'autre, commencée jolie puis de tonton en tonton devenue laide devenue pâle devenue chiffon de cuisine devenue papier sablé devenue clown, oh non, pas vous, pas toi Solange, pas toi Marlène, vous resterez ici protégées de tout et la mer sera votre vie.

Bien sûr, il faut l'apprendre, la mer. Est ami qui la connaît. Il faut la comprendre, surtout. On l'a jamais maîtrisée, faut pas croire. On vit sur notre radeau de sable et on se laisse tanguer en lui tournant le dos, remarquant pas les creux et les bosses qui bouleversent nos intestins, en croyant être maîtres de notre radeau, en croyant décider des choses et des gens, ça la fait bien rire. Surtout nous, sur notre île, à nous démener si fort si inutiles, à crier nos voix sans savoir qu'elles vont pas plus loin que le prochain tournant du vent parce que la voix de la mer, elle, est si profonde, si engorgée et si voilée qu'elle avale tout, engloutit le moindre soupir, brume les pensées jusqu'à la folie et on reste là avec notre petitesse, notre mesquinerie, nos petites envies, rien sera entendu sur les terres lointaines que la mer nous interdit, et puis la mer, elle a qu'à sortir la langue un jour, sans trop se fatiguer, elle a qu'à lécher l'île de cette langue paresseuse et en un rien de temps, elle l'aura ramenée là d'où elle vient. Histoire terminée.

Moi je l'ai connue sur la pointe des pieds, la mer, même si, à force, j'ai eu les pieds palmés et des ébauches de branchies et l'œil exorbité et cette odeur de poisson qui a trompé les anguilles, la première fois. Je connais ses vents intérieurs pour y avoir été pris plein de fois comme un coquillage prêt à être broyé par les profondeurs, fouetté et massacré contre les récifs, empalé sur les épines de corail, enseveli sous des tonnes de sable, tout ça pour que, à la dernière minute, avec un dernier soupir d'impatience à propos de la bêtise des hommes, elle me rejette sur la plage, coque éclatée, mais me portant pas plus mal pour autant.

J'acceptais d'être malmené par elle parce que c'était sa façon de m'apprendre et de me révéler ses secrets et d'ouvrir pour moi ses crevasses, elle me frappait pas pour s'entendre souffrir et pour éviter de creuser en elle la source de sa douleur — cela, elle l'avait reconnu depuis longtemps. D'ailleurs, avec la mer, petit à petit, la bataille est devenue un jeu : parce que l'enfant grandissait, prenait des forces de sa nourriture minérale, devenait souple et flexible, il savait anticiper la violence de ses remous et s'ajuster comme s'il faisait partie des courants et il déjouait ainsi ses pièges. La mer, enfin, m'a donné son intelligence.

J'ai appris à lire la lune et les marées et savoir quand la bave des profondeurs était trop proche de la surface pour que je m'y risque. Tout ce qui était lourd et visqueux remontait alors et s'étalait en plaques noires comme du marbre. Il fallait respecter ce qui remontait d'en bas avec une odeur si amère, ce qu'elle devait régurgiter d'âcre et de sulfureux, d'antique et de fossilisé, la mer, parce que, après tout ce temps, j'en suis certain, j'en ai la conviction : c'est elle qui nous a fabriqués. Je le sais, il y a trop d'elle en moi, cette eau salée qui coule sans cesse de mon corps, qui suinte de tous mes coins, et le sable qui matelasse ma peau et qui pique mes paupières intérieures, et l'algue qui glue mes cheveux et le goût, surtout, qui remplit ma bouche, goût océanique, crachat d'iode, haleine de roches calcifiées, tout ce qu'elle vomit, la mer, se trouve sous ma peau, j'ai déjà tout avalé et je suis liquide comme elle à l'intérieur mais on le voit pas, on le sait pas, on voit ma peau et mon apparence et mes yeux fous mais on entend pas le bouillonnement de mes eaux, pourtant cela remplit mes oreilles et moi j'entends, j'entends sans cesse le parler de la houle. Moi seul comprends qu'elle me prévient toujours du danger et qu'elle a aiguisé mes instincts parce que j'ai accepté ma nature. J'ai accepté qu'il y a une intelligence infinie dans les anguilles lorsqu'elles savent qu'il est temps, même nées hier, elles sentent en elles que le temps est venu de faire des milliers de kilomètres pour aller pondre loin là-bas, de l'autre côté du monde, nage déprimée épuisée grande grande migration suivant un appel infini de vie qu'elles peuvent pas ignorer, un appel de vie et de mort aussi car elles vont mourir en pondant, les unes après les autres laisseront là leur arbre minuscule, squelette moiré et poussiéreux sous le soleil, et après ce sera à l'autre génération de faire le chemin en sens inverse pour venir chercher ses traces dans les cours d'eau douce et les marées boueuses et les branchements des fleuves, cela rythme la vie des anguilles depuis toujours, voyager, faire naître, mourir, naître, voyager, voyager, faire naître mourir, sans jamais qu'une génération manque à la règle, je le sais parce que j'ai tenté de les suivre aussi loin que j'ai pu, mais j'ai dû abandonner en route, j'avais pas leur force ni surtout leur volonté, et j'ai attendu leur retour, mais quand elles sont retournées, j'ai vu que c'était pas les mêmes, elles étaient toutes neuves, ce ventre jaune et brillant des plus jeunes, nouvellement fabriquées par cet ordre incomparable, et qui sommes-nous pour creuser ce mystère, on peut qu'accepter, puisque c'est ainsi, on sait rien de la plupart des choses qui existent autour de nous, plus vives et plus intelligentes que nous, et notre mémoire à nous va pas plus loin qu'hier, et on apprend rien, rien, on se croit plus fort, on tue les anguilles en tapant sur leur queue, mais on sait pas demander pardon aux vivants, pardon à vous qui avez fait un si long voyage dans la mémoire, tant et tant de kilomètres pour finir comme ça entre mes mains brutes et dans mon estomac, mais je vous jure que je vous le rendrai, je vous offrirai mon corps le moment venu pour le pardon et pour vous dire que je l'ai fait sans haine, je suis comme vous, je survis, je cherche pas à tuer l'océan ni à le vendre, à genoux, à genoux je vous demande pardon si mon grand corps d'homme a tant besoin de nourriture, pardon à vous qui m'avez épargné enfant pour que je vous dévore adulte, mais c'est pour devenir comme vous, pour me transformer en vous, pour avoir cette mémoire élastique des voyages de vos ancêtres, la traversée de tous vos océans pour retrouver vos sources. Je veux faire comme vous, nager à rebours, à contre-courant des marécages qui m'ont amené ici, je viens pas d'elle, ça j'en suis sûr, c'est un hasard si j'ai glissé d'elle pour venir comme une anguille au ventre jaune, mais je viens pas de là, de l'immédiat de ses cuisses, je viens de plus loin, je viens de la mer, sinon j'aurais pas pu vivre sous l'eau et cette fois-là, souvenez-vous, quand je me suis enfui de chez elle pour la dernière fois, souvenez-vous, ses yeux brillaient rouge elle m'avait demandé de l'alcool et elle avait avalé l'alcool camphré que je lui ai tendu, et elle avait mal partout, j'ai eu peur, sa mère et le prêtre allaient revenir et allaient dire que je l'avais tuée alors j'ai couru, couru, et ensuite, avant d'arriver à la mer, avant de plonger pour me cacher, j'ai longé la rivière et pris par les fourrés qui la masquaient, c'était plus sûr, je l'ai suivie, elle allait grassement rejoindre la mer, lourdement et avec peine et avec des odeurs d'algues pourries, j'avançais moi aussi avec peine et j'ai entendu courir derrière moi je savais qu'ils allaient me chercher et qu'ils allaient me trouver j'avais peut-être tué ma mère avec l'alcool camphré, j'ai trébuché, je suis tombé et j'ai perdu connaissance.

Quand je me suis réveillé au matin, j'avais chaud et j'avais du mal à respirer. J'ai mis du temps à reprendre conscience. Il y avait quelque chose de lourd sur mon estomac, sur mon ventre, sur mes jambes. Quelque chose s'appuyait sur moi. Quelque chose bougeait en moi. J'ai ouvert les yeux et j'ai regardé. J'ai regardé encore et encore : j'étais couvert d'anguilles. Combien ? Je savais pas. Elles étaient pas seulement sur moi, mais aussi autour de moi, il en arrivait encore et encore, pressées, poussées, et toutes s'arrêtaient près de moi, se massaient autour de mon corps, tellement, je pouvais pas compter, je savais pas où elles commençaient et où elles finissaient, elles étaient si emmêlées, enlacées, une queue devenait une tête et une tête poussait au milieu d'un ventre et une autre queue semblait s'enfoncer dans la gueule d'une autre, et tout ça avec un mouvement incessant, silencieux, fluant, goulant, fouillant, entrant, sortant, rerentrant, ressortant, pétrifié paralysé je les regardais prendre possession de mon corps, explorer chaque surface, mesurer chaque courbe, la sensation de leur glissement restait imprimée sur ma peau, et venaient s'y superposer les autres glissements, les uns après les autres, une marée huileuse dense ronde une danse parfaitement lisse au milieu de laquelle je voyais poindre des petites gueules ouvertes aux dents fines, parfois tout près de mon visage, parfois tout près d'autres parties sensibles de mon corps, facile pour elles de me dévorer, pas beaucoup de chair pas bien grand, elles si nombreuses, je me raidissais en attente de la première morsure qui, libérant l'odeur et le goût du sang, les plongerait toutes dans une frénésie de faim.

Le soleil est venu. Il a éclairé leur peau noire, leur noirceur soyeuse et vocale. Elles ont bougé un peu moins frénétiquement, comme si elles s'endormaient peu à peu. La boue était fraîche sous mon dos. Je m'enfonçais lentement. J'avais presque plus peur tant j'attendais l'inévitable. J'avais déjà abandonné la vie, elle avait jamais beaucoup compté, après tout. Enfin, l'une d'elles a levé sa petite tête pointue aux narines visibles, puis une autre, puis une autre encore. J'ai vu leurs yeux sans malice, mais lourds, sans lumière, les dents effilées dans leur gueule, leur attente, à elles aussi, d'un déclic. Là, j'ai vraiment eu peur. Mon cœur a détalé. J'ai ouvert la bouche tout grand pour hurler, mais il est sorti une sorte de râle silencieux, un souffle ardent et volcanique de l'intérieur de mon ventre compressé par tant d'anguilles, et elles ont eu l'air d'aspirer ce râle, ces fines anguillettes pas tout à fait adultes qui brillaient doucement sous le soleil, et j'ai bien senti que ce qui était sorti de moi alors était la respiration même de la mer, celle qui provenait de mes fonds liquides, de mes sables, de mes minerais, de mes déchets organiques, tout ce que j'avais reçu des renvois de la mer, le corail, les étoiles de mer, les cadavres de méduses, les restes de murènes mal digérées, les vapeurs de soufre, les brouillards chauds de son ventre, tout cela était bien là dans l'haleine échappée de ma bouche mais venue de plus loin, et il y a eu un frémissement en elles, d'un seul coup elles sont restées immobiles, puis se sont mises à gicler l'une après l'autre de mon corps, même celles qui s'étaient lovées bien au chaud entre mes cuisses, en un grouillement goulu avec des bruits très lisses et liquides comme une pâte glauque lentement agitée, elles se détachaient de mon corps, s'en échappaient et retombaient dans la boue avec à chaque fois le même bruit, cela faisait plap plap plap, je les écoutais, vieilli de peur, ça n'en finissait pas, combien y en avait-il sur moi, plap, et plap, et encore plap, elles continuaient à se jeter dans la boue avec de petites éclaboussures, plap plap, je pouvais pas compter, plap, j'ai pas voulu compter, plap, il y en avait encore, plap, il y en avait plus.

Elles ont glissé dans le cours d'eau glaireux et se sont évanouies dans ses profondeurs, loin dans la bouillie des embouchures, ce qui était resté en moi c'était leur odeur, cette odeur d'anguilles à présent attachée à ma peau et qui m'a ensuite permis de les pêcher si efficacement parce qu'elles soupçonnaient pas ma présence étrangère parmi elles, elles me croyaient un des leurs jusqu'à ce que je les aie capturées, et quand je mangeais les anguilles, c'était comme si je mangeais ma peur de ce jour-là, et c'est comme ça que je suis devenu un homme, en refermant ma main sur ce corps noir lisse et furieux sans écouter ma peur qui faisait un bruit goulu dans mes oreilles, plap plap plap.

Elles se réveillent, elles vont se réveiller, mes petites, mes petites, quelle joie je les attends comme un soleil levant vont-elles cligner de l'œil pour me regarder je leur donnerai à boire la laitance de dame-béri dans des bénitiers au ventre de nacre ce liquide précieux au goût fadement âpre leur donnera de la vigueur vibrera dans leurs membres éclaircira leur regard et les fera danser dans la brume des œufs pondus en période de frai et je poserai sur leur petit ventre une étoile de mer qui les chatouillera de ses ventouses, je leur apprendrai la mer et ses créatures aux robes de jour et de nuit et toutes ses voix et toutes ses couleurs elles riront des boultangs qui se gonflent lorsqu'ils sentent le danger, certains tout noirs avec des étoiles blanches, d'autres jaunes avec des piquants bleus, et du nom des Mamzelles bleues et des Madames-tombées et des Fam Fol, et elles se garderont bien de toucher les laffes diables empoisonnées, magnifiques dentelles mortelles, et elles danseront sur leurs orteils pointus pour pas se piquer sur les oursins ou s'engluer dans les concombres de mer qu'elles trouveront si laids mais qui nettoient la mer et qui sont utiles, merveilleusement, et qui se nourrissent en filtrant l'eau de leur bouche à tentacules et même s'ils ressemblent à des paquets de merde ils sont aussi merveilleux que les plus belles créatures, je leur expliquerai tout cela, l'apparence est rien, rien du tout, tout est beau dans ces créatures qui se tiennent par la main même lorsqu'elles se dévorent, faut pas croire, mes petites, avec mes cheveux rouges et ma barbe et mes ongles et mon corps marqué par chaque créature que j'ai rencontrée depuis elle au tout début, je suis pas dangereux, pas méchant du tout, au contraire, maintenant c'est elles qui me marqueront de leurs petites griffes tendres, je vais les protéger, filtrer l'eau de leur vie pour enlever le poison et les laisser respirer et nager dans la pureté c'est à ça que je sers je viens de le comprendre, je le comprends à l'instant. Comme un concombre de mer vautré sur le sable, filtrer les impuretés, les absorber en moi, les faire passer par la rage puissante de mon corps, et ainsi leur offrir un air heureux et libre pour leur danse, bien loin au-dessus de moi.

Elle s'est assise, Solange, elle se frotte les yeux de ses poings, ses yeux sont gonflés, gonflés d'avoir trop pleuré hier soir, elle me connaissait pas encore, c'est normal qu'elle ait peur, sa robe a séché, l'air est si propre ici et une petite brise monte des eaux, mais le sable est resté collé sur ses jambes nues en séchant, les cristaux de sable brillent sur ses mollets, je sais que cela aura un goût salé et croustillant et aussi le goût de sa peau, unique, bien sûr, miellé, elle est bien réveillée, maintenant, elle regarde autour d'elle et se souvient où elle est, elle me voit, sursaute, gémit doucement et se met à trembler, trembler jusqu'à claquer des dents, clac clac clac, ses petites dents précieuses ont ce bruit minuscule et touchant, j'ai envie de la prendre dans mes bras alors, la bercer, la consoler, mais le ferai pas, elle aura encore plus peur, pas encore, Joséphin, il est pas encore temps, il faut encore attendre, et voilà que Marlène se réveille aussi et l'enveloppe de ses bras, elles se blottissent l'une dans l'autre, je les regarde en riant, je les aime tant, mais leurs yeux sont noirs et terrifiés, pauvres pauvres petites, connaissent rien de la vie, rien, savent pas de quoi il faut avoir peur, de qui, alors pour les faire rire, je me mets debout, j'ai fait une sorte de danse idiote, c'était bête, je sais, ridicule, je sais, mais qu'est-ce que ça peut faire, elles étaient pas prêtes, elles savaient pas ce que je voulais faire, moi gesticulant comme un poulpe tous tentacules dehors, silhouette difforme sur les parois de la cave, et j'ai vu leurs yeux qui se fixaient sur, posés sur, enfin vous voyez, j'étais une créature de la mer, moi, j'avais pas besoin de déguisement, les poissons ont leur couleur, ça leur suffit et à moi aussi, dans la mer où je vis vous pensez qu'il faut autre chose, ma couleur et ma peau me suffisent j'en ai pas honte, je suis normal, créature naturelle, mais elles, elles avaient pas l'habitude, couvertes qu'elles étaient tout le temps, même si leurs robes étaient trop serrées parce qu'elles étaient pauvres et elles avaient pas beaucoup de vêtements, pas comme l'autre qui pour plaire gaspillait son argent à acheter des robes des jupes des je sais quoi qui couvrent et qui découvrent en même temps, leurs robettes serrées cachaient pas grand-chose mais pour elles c'était l'essentiel, j'ai compris trop tard quand j'ai fait ma danse pour les faire rire que j'aurais pas dû, j'ai vu leurs yeux sur, ça faisait peur, un grand homme tout nu, elles avaient jamais vu ça, petites filles du sable et des filaos, je voulais pas, je savais pas, je sais pas ce qu'elles ont pensé, elles ont recommencé à pleurer en se serrant l'une contre l'autre et ça m'a fendu le cœur.

Pourquoi ? Pourquoi on a tant de mal à se comprendre ?

Sans mots, et même avec des mots, c'est impossible.

Trop longtemps, j'ai vécu loin des hommes. Je sais plus comment faire.

Je suis sorti, j'ai plongé dans l'eau à la bouche de la cave pour me retrouver dans la mer et les laisser se calmer et me calmer aussi. Nager longuement, puissamment, grandes brasses, grands coups de jambes pour bien labourer la mer, elle se plaint pas, elle, elle a pas peur de moi, elle sait qui je suis, elle me connaît, Joséphin qui ferait de mal à personne, Joséphin aux mains qui donnent, aux mains larges pour porter tellement de choses, porter les gros mulets blessés hors du chemin des requins, et porter les petites filles qui menacent d'être fracassées hors du chemin de la vie, les porter toute ma vie, s'il le faut, sur mes épaules, s'il le faut, serais prêt à le faire, mais pourquoi elles peuvent pas comprendre tout ce qui en moi est offert est donné est prêt à se couper en deux pour elles prêt à se taillader les tendons et les chevilles et les poignets, tout ce qu'elles voudraient de moi, j'offrirais. Au bas, des fleurs de corail s'ouvrent rien que pour moi, des algues s'agitent comme de grandes dames pleines d'envie, ils ont tous envie de moi, même les anguilles qui ce jour-là se sont glissées partout pour m'explorer et qui m'ont pas fait mal, pourtant elles auraient pu, elles auraient pu me mordre et me laisser tout saignant dans la boue et me manger bout par bout mais elles l'ont pas fait, elles ont senti mon odeur, elles ont respiré la mer en moi sur mon haleine sur ma langue et elles sont devenues mes amies, je les tue juste pour manger pour devenir un peu comme elles un peu elles, même les murènes et les requins si dangereux, ils me sentent, ils respirent ma présence et ils ont pas peur de moi et j'ai pas peur d'eux, on se respecte, nus ou pas, on est pareils, enfants du même corps, enfants de la même mer.

Alors, pourquoi, pourquoi, les petites filles que j'ai sauvées de la lourdeur de la terre, et que je transformerai en princesses de corail, pourquoi elles me regardent comme ça, comme si je porte le mal en moi, comme si je suis lourd de menace ? J'ai fait que danser, elles ont vu mon, ma, mais c'est pas ma faute, elles savent ce que c'est qu'un homme, tout de même, elles savent, rien de mal, il y avait que l'autre, la Marlyn Moro qui voulait jamais voir ça sur moi, les autres, oui, les tontons, les uns après les autres, oui, elle voulait bien les voir, mais pas moi, elle pouvait pas supporter de me laver, quand j'étais petit elle jetait de l'eau froide de loin sur moi, elle me poussait sous le robinet et me disait de rester là, l'eau entrait partout partout jusque dans mon cœur, et après elle a même arrêté ça aussi, plus besoin de me laver, fallait pas me voir, surtout, me regarder, me toucher, fallait pas que je me touche, fallait pas que ça se lève, mais elles sont pas comme ça, elles, les petites, elles savent qu'un homme peut aimer grandement et bravement et les aimer et les trouver belles et jamais les casser, jamais.

D'ailleurs j'ai fait que danser, je les ai pas encore touchées même si je voudrais bien le sable sur la jambe de Solange et les vaguelettes de graisse de Marlène, non, il faut nager et la mer est lourde et huileuse aujourd'hui, je le sens dans mon ventre. Je sens qu'elle prépare quelque chose, des soufflées de sable brûlant sortent de ses crevasses, celles qui ouvrent un monde encore plus inconnu, le vrai mystère de la mer est là et quand j'ai essayé d'entrer dans ces crevasses elle m'a tout de suite repoussé à l'extérieur, j'avais pas le droit, j'ai juste entrevu des yeux dont la lumière venait de l'intérieur parce qu'il y avait pas d'autre lumière dans ces endroits et comme une main liquide qui se tendait vers moi, mais j'ai pas eu le temps d'en voir plus, d'un coup de pied sans colère elle m'a interdit l'accès et je la respecte, mais parfois des choses s'échappent des crevasses, des cris des brûlures des explosions muettes, les bancs de mulets noirs se sauvent vers la côte et le vent de la mer prend son élan, se rassemble et se ramasse et s'enroule comme un poing et soudain les vagues ont plus de direction, elles partent dans tous les sens, elles bouillonnent, elles éclatent, même loin au-dessous de la surface je sens leurs enflures leurs déhanchements leurs cabrements, des courants insoupçonnés me prennent en traître, s'enroulent autour de mes jambes, me tirent vers le bas, me poussent vers le haut, je suis tête en bas, attiré vers les fonds qui me repoussent en même temps, retourné en bas-là haut, je sais plus où je suis où je vais où est la terre, je me laisse faire, j'ai une petite tristesse qui me dit après tout pourquoi pas, pourquoi pas me laisser prendre sans lutter, j'ai rien mérité de plus je suis qu'un joséphin, un zozéfin-fouka,

    mais ensuite je me souviens qu'elles sont seules, en haut, seules et impuissantes, elles pourront pas sortir de la caverne, sauront pas le chemin, pourront pas se nourrir, elles mourront de faim et de peur et de détresse, et mon cœur, alors, a un immense bond de joie en réalisant cela, peut-être qu'elles m'aiment pas encore, peut-être, mais au moins elles ont besoin de moi en ce moment, je suis leur seul espoir, je suis leur sauveur, je suis *leur vie*!

Avec un effort inimaginable, qui me broie presque le cœur, je suis parvenu à surmonter les courants. Je me suis dirigé vers les côtes par instinct, me laissant guider par mon cœur vers les cavernes enfouies. J'ai nagé comme j'avais jamais nagé avant, les muscles gonflés, les narines écartées, le dos raidi, un monstre combattant ces courants mortels, l'attraction de la mer qui a toujours tout vaincu, tout conquis, je voyais autour de moi des branches de corail déchirées de leur ancrage, des algues déchiquetées, des labres emportés, gueules béantes et désespérées. Je me suis arraché à toutes leurs forces conjuguées, je suis revenu petit à petit. Revenu vers elles, qui m'attendaient. Vers la vie. J'ai vu les gouttes de lumière qui suintaient des caves, qui se dispersaient dès qu'elles touchaient l'eau, et j'ai pensé que c'était leur lumière à elles, bleu solange, violet marlène, qui coulait vers moi. Je me suis accroché à elles, au filin de lumière qu'elles tendaient vers moi, et il m'a tiré vers le haut.

Quand je suis sorti de l'eau, elles m'ont pas vu tout de suite. Je les ai entendues. Elles parlaient avec leur petite voix d'oiseau, si basse que j'ai dû écouter de toutes mes forces pour les entendre, ça faisait puipuipui, et puis tchoutchoutchou, c'était si joli, avec les sons plus profonds de l'eau et les sifflements du vent, j'aurais pu rester là à écouter leur voix sans comprendre vraiment ce qu'elles disaient, chuchotement, froufroutement de leurs bouches mobiles toutes proches l'une de l'autre, mais j'ai été obligé finalement de comprendre, Marlène lui disait, à Solange, quand il reviendra je lui dirai de te ramener, moi je resterai avec lui tout le temps qu'il voudra, d'accord ? Et ensuite tu pars tranquillement, sans rien dire, tu t'effaces, tu te fais pas remarquer, surtout, tu existes pas, faut pas qu'il te regarde, je dois lui suffire, et puis dès que je pourrai, je me sauverai aussi et je viendrai te rejoindre.

Mais Solange a secoué la tête, s'accrochant à elle, non, non, je te quitterai pas, et puis je veux pas partir seule avec lui, et puis tu vas te noyer, tu pourras jamais te sauver toute seule tu sauras pas le chemin, je veux pas te laisser seule avec lui qu'est-ce qu'il va te faire ? J'ai peur, Marlène, j'ai peur de ses yeux rouges et de ses cheveux rouges et de ses griffes, il est tellement vilain, il va nous tuer, c'est sûr, je veux pas mourir, tu me laisseras pas mourir ?

Non, a dit Marlène, le visage vieux. Je te laisserai pas mourir.

Et Solange a répété, il est tellement vilain.

J'ai été triste et fâché. Elles ont rien compris du tout. Elles connaissent rien de la vie, et elles croient savoir ce qu'il y a dans ma tête. Je suis vilain, je suis vilain, elles l'ont dit, elles ont vu les hommes de leur village, tous ces tontons qui venaient le soir, ils étaient jolis, eux, peut-être, ils avaient pas les yeux rouges de rhum et des mains comme des griffes et du poison sur la langue et du fer chaud dans leur cœur, ça elles l'ont pas vu, elles ont pas vu leur regard poisseux sur elles, non, rien de tout ça dans leur monde aux murs épais, un mur de filaos et de rêves les entoure, elles lèvent la tête vers leur soleil matinal et elles remarquent pas les yeux qui les pénètrent de force et qui font d'elles ce qu'elles sont pas, non. Ça, elles remarquent pas.

Ils massacreront leur vie, s'ils le peuvent. Ils déchireront leur chair de coquillage, s'ils le peuvent. Ça elles le savent pas, elles ont jamais vu les chiens qu'ils assommaient sans y penser, petit roquet minuscule nouveau-né qu'un homme qui a trop bu, énervé par tout cet alcool, écrase d'un soulier indifférent juste pour savoir qu'il est un homme et qu'il a le droit le droit de faire une bouillie du petit cerveau tendre et ensuite il prend une mine faussement désolée et ensuite il éclate d'un rire gras mais gras, plein de crache qui tremble au fond de sa gorge, la crache de ses années de fermentation accumulée là au fond de sa gorge et qu'il pourra jamais faire sortir, c'est ça, les beaux hommes de leur visage, non, de leur village, mais moi, je suis vilain.

C'est ça, hein, Solange ? Et mes mains aussi elles sont vilaines, qui voulaient décortiquer un crabe pour toi toute seule et te le faire manger bouchée par bouchée comme une mère oiseau son petit, mes mains aussi, et tu sais pas combien de fois elles ont eu mal, ces mains, et combien de fois elles se sont battues pour la vie et combien elles ont parcouru de kilomètres et creusé de trous dans le sable et dépecé de pierres et gravé de mots inutiles dans le silence, des mots d'amour qui serviront à rien à personne, ces mains, tu sais pas ce qu'elles ont connu, ce qu'elles ont vécu, ça te fait rien, aucune importance, mais je vous ai maintenant, mes fillettes, mes bonbons, mes sucres d'orge, je vais longtemps vous regarder vivre et vous goûter des yeux parce que moi aussi, j'ai envie de bonheur.

Moi. Vilain. Zozéfin-fou. Celui qui fait des niques aux pêcheurs. Qui coupe leurs lignes, vole leur poisson, casse leurs casiers, éventre leurs sennes. Fais ça exprès. Pourquoi ils sont heureux et pas moi. Ils rient, ils se tapent dans le dos, ils jouent aux cartes, ils disent des gros mots et ils sont heureux quand même parce qu'ils ont pas besoin de penser. Quand ils dorment, ils ronflent. Les femmes, parfois, ressemblent à Marlyn Moro. Parfois non. Mais quand elles ouvrent les yeux le matin, parce que les oiseaux ont commencé à crier un peu trop fort dans les arbres, il y a cet instant. L'instant des yeux flous, lizyé lanwit, je l'appelle, parce qu'il y a un liquide argent sur leur œil noir et ce liquide, cette douceur, ce flou, ce vague, c'est le regard du paradis, en elles. J'ai déjà vu ces yeux-là avec Marlyn aussi, quand je dormais pas et je surveillais son sommeil et j'espérais son sourire matinal avant qu'elle comprenne que c'est moi, quelquefois j'étais récompensé comme ça avec ce liquide brillant, béant, toutes les femmes au réveil ont un peu de paradis dans les yeux et c'est ça que je cherche partout, partout, c'est de ça que j'ai soif, moi, Joséphin, envie de boire ce liquide et de faire entrer ce paradis en moi comme ça serai heureux serai plus jamais seul j'aurai plus jamais seul et c'est ça que j'ai vu dans leurs yeux à elles, mes petites, et pas seulement le matin au réveil, non. Elles, c'était tout le temps qu'elles l'avaient, sûrement depuis la naissance, l'ombre de bronze qui envahit l'iris des enfants, elles ont dû l'avoir à ce moment-là et le garder longtemps longtemps en elles, c'est ce que j'ai vu, et quand elles riaient ça faisait des étincelles et quand elles étaient sérieuses ça faisait un film lisse sans reflets et quand elles pleuraient des gouttes de paradis glissaient hors d'elles sur leur joue, allaient se perdre à terre, dans la terre, dans le sable, dans les feuilles, quand elles partaient j'allais chercher la trace du paradis, mais elle s'était évaporée déjà, impossible de la retrouver, et c'est comme ça que j'ai su qu'il fallait les prendre pour pouvoir la retenir, cette trace, pas la laisser gaspiller comme ça sur les sentiers qu'elles suivaient, et j'ai eu une grande frayeur en me disant, et si ça se renouvelle pas? si elles la perdent petit à petit et un jour se réveillent avec des yeux de femmes ordinaires?

Nous trois ensemble, ô seigneur, combien de rire et de larmes — de joie, de joie — vous imaginez un peu, il me fallait les attraper, mes oisillettes, sinon elles grandiraient et deviendraient pareilles à, pareilles à, ne toucheraient au paradis qu'en cette heure perdue entre nuit et jour quand elles se seraient elles-mêmes perdues et sauraient plus qui elles étaient.

C'est si facile, de se perdre.

Vilain, oui, Joséphin.

Mais pas autant que.

J'ai jamais entièrement abandonné le monde des hommes. Le village de Case Noyale et ses jupes froncées, ses salines, ses plaines, ses visages brûlés de soleil. Je poursuivais les autres parce qu'on a beau dire, on peut mourir de solitude, et la conversation muette des poissons suffit pas, on a envie d'entendre des voix, même les voix les plus tranchantes, celles qui sont faites que pour dire des moqueries et des insultes, ça fait rien, de toute façon c'est eux qui avaient peur de moi quand ils apercevaient mon ombre, j'ai pas des formes comme les autres, faut dire que je fais peur, alors, les fois où je lookais les gens dans leur maison, des fois une jeune femme émotive me voyait et perdait connaissance, des fois une belle femme enceinte me croisait et mettait aussitôt bas dans les vavangues, des fois des vacanciers soûls me voyaient sur la plage de loin et l'un d'eux s'écriait, ena zangui, il a attrapé une anguille ! Et ils ont couru vers moi titubant sur leurs pattes d'alcool, prêts à m'acheter mon anguille pour la rôtir sur leur feu de camp, et quand ils sont arrivés tout près, stupeur, c'était pas une anguille du tout. C'était, c'était ça, quoi, ce qui pendait long, pas une anguille du tout et ils sont restés étonnés, ils riaient de honte, disant, pena zangui, et ensuite se murmurant, peser touni, j'étais le pêcheur tout nu, oui, c'est comme ça que la légende est née de Joséphin le fou, le pêcheur tout nu qui pouvait se transformer en anguille, car bien sûr, après, ils allaient pas raconter qu'ils s'étaient trompés, ils ont dit que j'étais vraiment comme une anguille et que quand ils sont venus tout près j'ai pris ma forme humaine, mais dès qu'ils ont tourné le dos, je suis redevenu une anguille qui a glissé silencieusement dans l'eau, voilà tout, c'était rien de plus que moi qui courais tout nu sur la plage, me croyant seul à marée basse et faisant des bonds à la lune quand je croyais que j'étais heureux mais j'en savais rien. On peut pas être heureux pour rien.

Être heureux, c'est voir Solange dormir le pouce dans la bouche. Être heureux, c'est voir Marlène lui offrir son corps comme matelas. Être heureux, c'est les regarder, tremblantes et effrayées, embrumées de sommeil et de sel, oublieuses parfois de se cacher certaines parties du corps comme si en dormant leur instinct leur dit qu'elles ont pas besoin d'avoir peur de moi, ce que je vois c'est leur beauté, être heureux, c'est les regarder et savoir qu'elles seront toujours à moi.

Mais elles ont pas compris. Vilain. C'est tout ce que je suis. Le pêcheur fou, le pêcheur nu, l'homme anguille qui se glisse dans la boue de l'étang et qui maintenant a la peau si dure qu'il peut pêcher l'anguille en se laissant mordre par elle et en la traînant longtemps sans avoir mal, détache seulement, quand il le décide, la petite tête en écartant les deux mâchoires jusqu'au minuscule craquement qui signifie qu'elles sont brisées, la peau si dure que même les rochers les plus aigus peuvent plus l'entailler, il peut marcher sur les lames, sur les arêtes, sur les couteaux, la peau si dure qu'un mot de Solange, si bref, si mince, si effilé, qui aurait dû entrer dans sa chair et faire couler son sang à grands flots, libère seulement le liquide clair des larmes. Rien d'autre. La peau si dure, si dure, qu'il a du mal à comprendre qu'il a mal.

Parce que des mots comme ça, fouka, vilain, c'est que des mots, rien d'autre.

Des mots comme ça, c'est les trous de la nasse par où glissent les rêves.

Et une fois qu'ils ont trouvé ces trous, ils s'en vont vite, joyeusement, parce que les rêves, une fois nés, une fois qu'ils sont formés en nous, très beaux très bien faits, prêts à voler, prêts à croire, ils attendent plus qu'une seule chose, c'est de nous abandonner.

Ils nous ont remplis comme un petit enfant vif et saignant, et après, soudain, c'est le vide, la peau flasque, la coque nue, l'intérieur orphelin, ils sont partis, plus rien.

C'est quoi, pensez-vous, les rêves de l'homme anguille ?

Rêves de boue, rêve de la fraîcheur ordurière des bas-fonds, rêves d'une lune incendiaire dans les yeux, rêves de départ, rêves de voyage de l'autre côté de l'océan, rêve d'accoucher d'une île plus large, moins épineuse pour ces enfants de nulle part et d'ailleurs, ceux qui n'ont aucun coin à eux, aucun lieu et aucune demeure, moins emportée par la sombre folie des hommes qui voient en permanence des ennemis, ennemis de l'ombre, ennemis nocturnes de leurs peurs, rêves d'argile et de terre cuite, statue qui emprisonne la voix et l'empêche d'expliquer aux petites pourquoi cet homme vilain qui croit à la beauté, qui l'adore, seule dieu, voudrait faire d'elles les perles de son rêve de nacre, écouter le bruit du large dans leur petit ventre ourlé, boire l'eau de sel de leur salive et respirer la brise sucrée qui sort de leurs poumons, voudrait les sculpter, voudrait les ciseler de son regard, les éterniser dans sa mémoire en une forme de corail, voudrait mettre sa vie dans le creux de leur paume et l'y refermer, et après, ainsi confié, il serait libre de partir, le vilain, le pêcheur nu, le joséphin-fou, pour aller voir plus loin que les brisants si quelque part, quelque part dans tout ce vide, Marlyn Moro aurait pas laissé quelques particules d'amour pour lui.

Si belles, elles. Toute la différence. Oui, belles, même Marlène, celle qu'on disait laide, celle qui est née avec cette figure de poule chiffonnée onze mois après Solange, et dont Solange, avec l'immédiat des enfants qui ont pas encore peur des images, est tombée amoureuse sans conditions, oui, c'était Marlène la plus jeune, mais depuis toujours c'était elle la grande sœur, celle qui avait décidé de protéger coûte que coûte son fétu de rêve de Solange, celle qui l'empêchait de dégringoler les pentes et de se bousculer hors du monde, et on les regardait toutes petites et la bouche s'ouvrait pour dire de Solange, comme elle est jolie, comme elle est mignonne, une petite cocassité, mais on s'arrêtait à mi-chemin parce que Marlène était là et, à sa vue, les mots se transformaient, et on savait plus s'il fallait dire Marlène — boule de graisse, visage de poule chiffonnée — ou Solange — morceau de soleil cassé dans des yeux d'ange — et soudain les mots fondaient et fusionnaient et suffisaient plus parce que toutes les deux ensemble c'était plus que la cocassité des bébés, des gamines, c'était un ensemble soudé à faire pleurer leur mère qui pouvait pas les séparer, toujours remplacée, toujours évincée de leur amour obstiné, pour une fois il lui semblait inutile d'être mère, c'était une forme double qui devenait parfaite parce qu'on avait pas besoin de chercher plus loin la complétion de la beauté ou de la lourdeur, leur équilibre, leur pendant, tout était là, immédiat, juxtaposé pour l'éternité, et leur âme siamoise plongeait les gens dans une stupeur émerveillée sans qu'ils sachent pourquoi.

Ils sauront jamais pourquoi, ils sont persuadés du hasard, le hasard, vous pensez, comme si ça existe, le hasard, ils comprendront jamais la chance de ce bout de terre de Case Noyale de recevoir cette grâce inouïe, ces deux bouts de brume décrochés des nuages pour pleuvoir sur eux une infinie bénédiction, ils comprendront pas, ils seront prêts à gaspiller cela, à empêcher leur rire de se balancer entre les branches des filaos, à alourdir tout cela en attachant du plomb à leurs orteils, à en faire des femmes ordinaires, pire que tout, des femmes consumées et rageuses, rugueuses et consommées, des femmes à la bougie éteinte, aux yeux cireux, des femmes aux doigts jaunes de cigarettes et d'on ne sait quelles salissures épouvantables, des femmes abruties de hontes —

oui, voilà, voilà ce qu'ils veulent en faire.

Vous comprenez ça, mes petites ? que je vous donne l'éternité bleue, moi, Joséphin le fou ?

Clac clac clac.

Elles grelottent toutes les deux de froid. Grelottent des mille questions qu'elles voudraient poser mais n'osent pas. Grelottent d'elles-mêmes, de leur corps usé de la fatigue d'une nuit, de leur sommeil abusé par les rêves trompeurs, de tout cet inconnu dans lequel elles ont été plongées.

Je les comprends, trop bien, je les comprends. La cave est fraîche, toujours, sombre aussi parce que la lumière entre seulement par des trous percés dans la masse épaisse de roche qui nous sépare du dehors, du monde des vivants. Il y a une riche odeur de mer, son odeur la plus verte. Pendant mon absence, elles ont essayé de crier, puis de gratter la roche pour sortir. Solange s'est cassé un ongle. Son doigt saigne. J'aime pas la voir blessée, je veux pas voir son sang gaspillé. Je prends sa main et je suce son doigt pour arrêter le sang. Elle est secouée de tremblements de la tête aux pieds, mais elle laisse son doigt dans ma bouche et cela me fait plaisir, petit triomphe, mais soudain, Marlène se jette sur moi et se met à me frapper et à me griffer, ça me fait rire, ma peau est épaisse, petite fille, tes poings sont des confettis, je lâche le doigt de Solange et je me tourne vers Marlène. Elle cesse de me frapper et se ramasse sur elle-même comme une boule, débordante de chairs, ses cuisses découvertes par la robe, elle tire dessus pour cacher, cacher quoi, elle peut rien me cacher, je lis son âme et son tourment, son envie de détourner mes yeux de Solange et sa peur quand mes yeux sont sur elle, j'entends les pensées qui tonitruent dans sa tête, si claires qu'elles résonnent aussi dans la cave, et j'ai mal à la tête, mal aux yeux à force de les entendre. Je voudrais qu'elles entendent aussi mes pensées : qu'elles puissent m'entendre sans que j'aie à leur parler, entendre la pureté qui gargouille dans mon ventre, mais pour ça, j'attendrai longtemps.

Je les ai laissées se calmer et ne plus sangloter qu'à cris brefs, avec des étouffements déchirés. Je sais qu'elles ont faim. J'ai pris d'un recoin de la roche les crevettes que j'avais mises là au frais pour elles, et je leur tends une poignée de crevettes pour qu'elles mangent, mais elles ont secoué la tête avec des yeux horrifiés comme si elles avaient jamais mangé de crevettes, je vous demande un peu. En soupirant, j'en décortique quelques-unes, soufflant dessus pour enlever le sable, j'en mange même une ou deux pour leur montrer que c'est bon, mais elles refusent toujours, alors je mange le reste comme j'ai l'habitude, avec la coque la tête les pattes et tout, un goût de fraîcheur verte dans ma bouche, la coque et les pattes craquent sous ma dent, la tête libère son jus dense, et soudain Solange se met à avoir la nausée, elle fait de gros bruits très vilains et court vomir dans un coin à quatre pattes, j'ai pas aimé la mauvaise odeur qui est montée d'un seul coup dans la cave où il fait toujours si bon, j'ai eu envie de me fâcher, mais après j'ai pensé que c'était l'odeur de l'intérieur de Solange, et tout est beau dans le corps humain, même ses déchets, même ses restes pourris, même tout ce qui se passe lorsqu'il est mort, même son cadavre, même sa carcasse, tout est un miracle quand c'est Solange qui le vit.

Quand j'ai fini de manger, désolé de leur ventre vide qui grondait de plus en plus fort, et puis de leurs soupirs, de leur silence, de leurs yeux défaits, je me suis mis en rond dans un coin de la cave pour dormir. Je peux dormir à n'importe quelle heure, dans la mer le jour et la nuit importent peu, comme les animaux, mon sommeil est un état de tranquillité. Elles, elles ont reculé aussi loin qu'elles le pouvaient de moi, comme si j'avais la lèpre, mais j'ai fait semblant de rien remarquer. Ça servirait à rien. Adossées à la paroi, elles ont posé leur tête l'une contre l'autre, serré les mains l'une de l'autre, chuchoté un peu en regardant vers l'entrée de la cave, pendant que je les surveillais, les yeux presque clos, triste comme un chien fermé dehors qui regarde ses maîtres à l'intérieur de la maison. Je crois que j'arriverai jamais à rien avec elles. Elles sont trop fortes, toutes les deux ensemble. Elles se refuseront à moi jusqu'à la mort, parce que leur force, c'est elles deux. Même si elles m'acceptent, ce sera pas pour moi. Ce sera pour elles. Elles feront même pas l'effort de me comprendre, non. Juste bon à les faire vomir même s'il y a rien à rendre dans leur estomac. Ce qu'on me donne, à moi, c'est l'odeur de vomi qui traîne dans ma cave. Voilà pour toi, gentil Joséphin. Tiens, prends.

J'ai fini par dormir en reniflant un peu. J'ai rêvé d'elles, bien sûr.

J'ai rêvé que je les ai trouvées sur la plage comme des poissons échoués. Je les ai enroulées nues dans un filet de pêche, si serrées qu'elles pouvaient pas bouger. Leur corps était quadrillé par les filets. Leur peau argentée était capitonnée. Elles dormaient. Elles respiraient par la bouche. J'ai plongé dans l'eau et je les ai traînées derrière moi en tenant le bout du filet. J'ai dû nager d'un seul bras contre des courants forts. J'ai nagé vers le large sans écouter les fonds qui m'appelaient, les algues qui m'attiraient, les bras des coraux qui se tendaient vers moi. Seul l'amour de mes petites comptait. Je suis arrivé à grand-peine jusqu'aux récifs, et là, j'ai cherché le bouillonnement de la passe pour sortir du lagon. Je voulais leur montrer la mer haute, leur dire que l'océan est un univers qui pardonne pas la faiblesse, qu'il leur fallait être fortes comme moi et offertes comme moi pour survivre. J'ai eu du mal à vaincre les eaux de la passe. Elles nous fouettaient dans tous les sens. Remous autour de ma tête, rougissant mes yeux, épines dans mon ventre, lacérations du corail, le filet était lui aussi lancé sur les bancs de coraux par la violence des brisants, des hurlants, des saignants, la mer se dressait comme un monstre pour me refouler sans cesse, me repousser comme un débris vers les côtes, mais je me laissais pas faire, je revenais à la charge, je recommençais, je voulais traverser.

J'ai lutté toute la nuit, toute la vie. Enfin, à l'aube, blessé, ensanglanté, j'ai réussi à franchir la passe en me déchirant les peaux. La haute mer était inondée de soleil. C'était une nappe d'or qui m'aveuglait, qui me remplissait les yeux et la bouche et le cœur. D'un seul coup, tout s'est calmé. Le soleil montait, royalement. Il tirait les rideaux sur son monde, le seul qui compte. Un monde neuf et naissant à chaque fois dans plus de splendeur et plus de beauté, lissé par la lumière glorieuse, déroulé en pans de liberté jusqu'à l'horizon, jusqu'à l'infini. On était passés.

Les requins sont venus tourner autour de moi, mais sans agressivité ni danger. Ils se joignaient, tout simplement, à la danse. Le glissement de leur corps élastique et de leurs flancs puissants contre mes jambes qui battaient l'eau était comme une prise de possession, tu es l'un des nôtres, me disaient-ils, viens te joindre à nous, à nos ébats, viens découvrir notre joie carnivore, qui est une joie d'être sans aucune mesure avec ce que connaissent les hommes.

Viens.

J'ai voulu libérer mes petites filles pour qu'elles admirent ce que je voyais, pour qu'elles découvrent cet autre visage du monde.

Mais quand j'ai attiré vers moi le filet, il y avait là qu'une bouillie immonde et sanguinolente, méconnaissable. Dans cette masse informe me regardait un œil détaché de son orbite, se tendait vers moi une main orpheline de bras, étincelait un orteil qui, il y a longtemps, avait frôlé une autre nappe de lumière dans l'espoir de devenir une statue de cuivre. J'ai reconnu d'autres organes mis à jour par la lutte avec les récifs, une rate, des poumons, un estomac. Et deux petits cœurs tendrement siamois qui battaient encore, palpitaient comme le cœur des oiseaux dans la paume.

À ce moment-là, les requins sont redevenus des prédateurs et se sont battus pour dévorer ce qui restait de mes princesses.

Ensuite, le rêve s'est transformé. Je crois que je me suis transformé. La vision du filet m'a terrifié. Je me suis dit, c'est la trahison qui me poursuit depuis toujours, je serai jamais libre, jamais aimé, ce que je traîne derrière moi, c'est la certitude de la pourriture, je suis un cadavre ambulant, c'est tout ce qu'ils voient en moi, un mort marchant nu sur son chemin de braise et de vent, sur ses pieds de glaise, dans sa tempête de boue, dans son jour de lumière éclatée, et ce qui me suit et me poursuit c'est ma colère, c'est ma rage, c'est ma folie, je suis le pêcheur nu le pêcheur fou depuis toujours j'ai été comme ça un jour je suis retourné, je suis allé chez elle, qui devenait de plus en plus laide, pas possible ce qu'elle était laide des trous des cratères sur son visage à cause des fards bon marché et cette bouche rouge débordante de l'épaisseur du sang caillé ces yeux de clown aux paupières vertes ses cheveux bouclés vaporeux qu'elle arrachait avec des rouleaux chauffés ça lui faisait une tête à moitié chauve une tête horrible ses robes serrées serrées haut sur les, bas sur la, et elle ressemblait pas du tout aux images, ça c'est sûr, mais un jour j'ai vu quelque chose de si beau, une étoile de mer bleue collée à un grand bivalve le tout parsemé des blonds changeants de la nacre, c'était si beau, si unique, ce mariage de l'étoile couleur nuit et du bénitier fait de lumière j'ai pas pu m'empêcher, je les ai cueillis des récifs et je les ai tenus dans mes mains et je suis retourné chez elle pour lui faire cadeau de cette seule belle chose que je pouvais lui offrir, personne lui avait jamais rien donné, j'ai voulu moi lui donner quelque chose de précieux, quelque chose qui la ferait sourire et retrouver son vrai visage sous le masque, rare sourire de soleil levant, et je lui dirais peut-être alors des mots d'amour comme l'enfant qui ce jour-là l'avait serrée, le visage contre sa mollesse chaude, mais j'étais plus un enfant, j'étais un homme et cette fois elle sourirait et m'accueillerait m'accueillerait et recevrait mon cadeau mon étoile ma nacre, mais quand je suis arrivé elle était là ivre abrutie idiote d'alcool il y avait un homme qui lui faisait je sais pas trop quoi et elle était comme morte sous lui, les yeux vides vides c'était effrayant un vide d'âme comme j'en avais jamais vu avant, un vide de pensée un vide de cœur un vide de femme un vide d'humain un vide qui ressemblait à l'enfer si on peut imaginer ce que c'est que cette nuit désespérée par son absence, elle bougeait pas, elle gémissait pas, elle respirait pas, ses yeux étaient ouverts et regardaient je sais pas quoi et sa bouche était ouverte et il lui faisait comme sur un cadavre, alors mon coquillage pointu tranchant, je l'ai planté et je l'ai enfoncé et j'ai lacéré et j'ai tranché d'abord dans le dos de l'homme qui a eu de drôles de bruits de pneu dégonflé tellement il était gros c'était laid cette graisse que les entailles offraient au regard et puis lorsqu'il est tombé j'ai continué sur elle, trancher ses yeux pour pas voir ce vide ce vide ce vide de ma mère que j'ai jamais su remplir jamais pu remplir, jamais su rien faire rien lui donner, moi, je suis juste bon à couper mon anguille et à la donner à manger aux poissons pendant qu'elle fait l'idiote, marre, elles sont toutes comme ça, non, quand même, vous me direz, pas elles, Solange-Marlène si jolies si gentilles même lorsqu'elles vomissent de me voir elles comprendront quand je leur montrerai le soleil sur la mer et la nage des méduses et la danse des requins et elles souriront de la beauté que moi seul peux leur offrir n'est-ce pas qu'elles boiront l'eau douce dans mes paumes et pleureront de la trouver si bonne et me laisseront les protéger et les aimer de toutes mes forces n'est-ce pas

mais je sais pas à quel moment elles se sont transformées elles m'ont regardé avec des yeux de corbeaux vieux de haine comme toutes les femmes qui me regardent de loin, méchantes, les femmes, méchantes, elles me jettent un morceau de pain qu'on dirait un caillou pour assouvir ma faim et elles me disent sorti la alé, va-t'en, oui, à moi Joséphin elles disent tu dois pas franchir la ligne qui te sépare des vivants et elles se tiennent par la main et elles font la ronde en ricanant et en chantant Zozéfin-fouka comme tous les autres enfants du village et des pires choses encore, pas elles, pas elles, oh non, mes petites, pourquoi elles regardent pas mes yeux et voient pas le vert-océan, le vert-goémon des rêves liquides le vert des anguilles pas encore grandies quand elles descendent la rivière, je suis qu'un enfant, un petit garçon, je voudrais faire la ronde avec elles et jouer avec elles mais elles vomissent encore et encore sur moi et je les gifle pour qu'elles arrêtent, mais elles arrêtent pas de rire, alors je frappe encore et elles crachent du sang, je frappe encore elles giclent des bouts de chair je défonce et elles font exploser leurs organes, tout ça pour me souiller, pour me donner le pire d'elles-mêmes, les déchets, le rebut, pas leur beauté, ça elles refusent, pas le liquide de paradis dans leurs yeux, cela elles le referment à l'intérieur de leur paupière qui me donne rien, j'ai beau lécher, pas la dentelle de leur petit cœur humain, ça elles l'ont cadenassé dans leur petite poitrine nue et il me reste que ces masses chiffonnées avec lesquelles je peux plus rien faire, juste bonnes à jeter aux poissons, elles sont, rien de plus, plus rien

au bout de la vie, elles m'ont rien donné du tout, j'ai rien obtenu d'elles, comme les autres, comme tous les autres, elles se sont refusées et je seul, seul à hurler, seul à me déchirer la peau, seul à m'arracher le cœur de mes propres mains griffues

seul.

Je me suis réveillé avec dans mes os la conviction de la fin de la nuit.

Sensation de lueurs mouillées et incertaines, lapement des minutes, vacillement des vagues pas encore prises par la marée. Loin au-dessus de la cave, les ombres fuient. Un mince trait de lumière souligne le bas du ciel, commence à définir une tête de houle, un pan de rochers, une langue de sable. Du remous grave de l'océan s'enfle une autre musique, des tonalités moins désespérées parce que le matin apporte toujours un espoir, même infime. Qu'un jour bleu se prépare du fond de l'horizon, un jour dont l'éclat sera particulier. Faudra pas l'oublier, Joséphin.

J'ai pas pensé à mon rêve. J'ai pensé, je dois les porter sur mes épaules pour voir la naissance de la mer. Elles ont jamais vu ça. Loin au milieu de la mer, où toutes les choses sont neuves et vraies et l'air doux fait onduler les couleurs. Quand elles verront cela, elles sauront que je leur donne une vie qui sera jamais salie par le gris des hommes et la constante défaite de la terre entre leurs mains.

Solange, Marlène, vous serez les yeux de Joséphin lorsqu'il marchera à marée basse vers le large, vous portant comme un roi.

Je me suis levé à demi et sans faire de bruit. Il y a une drôle d'odeur dans la cave. Une présence étrangère, mauvaise. J'ai eu un pressentiment. J'ai laissé mes yeux s'habituer au jour fragmenté. Et je les ai vues.

Deux poupées brisées avec une brutalité de bête. Bras jambes en désordre, postures impossibles. Un os luit, clair, nettement déboîté. Cous marqués aux doigts griffus. Corps désacrés, massacrés, font eau de toutes parts. Font sang de toutes parts. Le sang a jailli et a giclé sur les parois de la cave, auréole leurs cheveux glués, maquille de rouge leurs bouches dévorées. Pénétrées, profondément, par la mort. Transpercées par sa présence, par son aiguille. La mort est entrée ici, je sais pas comment, est entrée en elles dans leurs cuisses écartées, dans tous leurs orifices, pendant que je dormais. J'ai rien su, rien entendu. J'ai pas su les protéger. Je les méritais pas.

Je les ai prises, j'ai plongé dans l'eau avec elles, je les ai portées vers le large pour que la mer les lave, les guérisse et les cueille. C'est tout ce que je pouvais faire pour elles. J'ai franchi facilement la passe, les eaux étaient calmes. De l'autre côté, je les ai laissées partir, la mer les portait bien, souple, pas trop houleuse. Très vite, elle a caressé le sang hors de leur visage et de leur corps, elles paraissaient presque intactes. Elle en prendra soin.

Ensuite, je l'ai laissée me ramener vers les côtes. Un fort courant me prend et m'entraîne vers l'embouchure de la rivière. Je me laisse faire, j'ai pas envie de lutter. Je suis trop triste. Sans trop de violence, je suis ramené contre le cours de la rivière, vers sa gueule de boue noire où je me retrouve enlisé, comme cette autre fois où. Je bouge pas. À marée haute, l'eau me libérera. Je vais m'endormir tout doucement et attendre. Ce lit est plus doux que tous les autres et les clapotements de l'eau souterraine emplissent mes oreilles.

Mais ensuite, un autre bruit. Un bruit contigu, glissement de peau contre peau, froissement huilé, glauques ondulations. C'est elles. Elles arrivent très vite, par centaines, coulées, dégorgées du lit de la rivière, mes amies, mes reines. Je les vois, elles sont pressées. Elles ont fait ce très long voyage de naissance par-delà l'océan, et, revenues au point de départ, elles ont faim.

Faim du sang qui a coulé sur moi et en moi, qui caille sur ma peau et sur mes mains. Elles arrivent, et l'odeur du sang masque mon odeur naturelle, si pareille à la mer. Non, je suis plus qu'un corps étranger, blessé, immobilisé, et elles ont, elles, faim depuis longtemps, faim de ma solitude faim de ma tristesse faim de mon amour faim de ma trahison, elles flairent sur moi la souffrance des petites le parcours bestial la nuit innommée du pêcheur fou, et cela leur suffit : elles commencent.

Cela prendra des heures, mais je ressens aucune souffrance. Ça met du temps à être dévoré, un grand corps d'homme. Les anguilles sont, elles, si petites. Et puis, je suis bien trop occupé à écouter leur douceur, leur douleur, à celles qui flottent là-bas, loin vers l'œil du soleil, loin vers la gueule des requins.

Je sens rien, non, rien.

12/11/02 — 26/11/02
Ferney-Voltaire

CONTINENTS NOIRS

Un siècle entier, tout le XXe, a vu ses représentations artistiques se métamorphoser sous l'influence de la sculpture africaine. Des expressionnistes allemands aux surréalistes, des fauves aux cubistes, de Picasso à Brancusi, de Modigliani à Braque, de Henry Moore à Alberto Giacometti — lesquels feront souvent des copies à peine masquées de l'art qui les subjugue... Au contact des chefs-d'œuvre notre œil et notre sensibilité se révèlent, se forment, s'affirment ; au cœur de ces chefs-d'œuvre vit l'âme sculptée de l'Afrique. Fallait-il que ces représentations cultuelles fussent puissantes pour bouleverser ainsi les artistes du monde entier si durablement, et plus durablement encore tous ceux qui contempleront leurs œuvres...

Un siècle où, en Afrique noire, l'expression sculpturale et orale a largement dominé l'avènement récent de l'écrit. Les écritures africaines, d'Afrique noire et de sa diaspora, chargées de la primitive puissance créatrice et prenant sa relève, jouent magiquement des métaphores et des métamorphoses, sont pleines de liberté, de grâce rebelle, d'invention, de force, sans joug dans les mises en joue des mots, de cette fluidité langagière et syntaxique souvent perdue en France et en Europe depuis le XVIIe siècle. Elles mêlent avec génie « la langue de la Sévigné avec des couilles de nègre », selon le mot du Congolais Henri Lopes.

Nous parions, ici, sur les Africains d'Afrique et d'ailleurs, de langue française et de toute langue écrite, parlée et sans doute pas écrite encore, nous parions sur l'écriture des continents noirs pour dégeler l'esprit romanesque et la langue française du nouveau siècle. Nous parions sur les fétiches en papier qui prennent le relais des fétiches en bois.

Amadou Hampaté Bâ : « Un vieillard qui meurt, c'est une bibliothèque qui brûle. » Phrase-alarme célèbre qui sanctionne en même temps qu'elle bénit une dernière fois la civilisation de l'oral qui disparaît. L'ancêtre meurt, ses petits-enfants écrivent dans l'urgence et donnent naissance à l'humanisme nouveau que le XXIe siècle appelle. Sony Labou Tansi : « J'écris (ou je crie) pour qu'il fasse homme en moi. » C'est dit, depuis Brazzaville, au cœur du premier continent noir.

JEAN-NOËL SCHIFANO.

DANS LA MÊME COLLECTION

José Eduardo AGUALUSA
La saison des fous

Nathacha APPANAH-MOURIQUAND
Les rochers de Poudre d'Or

Ananda DEVI
Pagli
Soupir
Le long désir
La vie de Joséphin le fou

Aly DIALLO
La révolte du Kòmò

Eugène ÉBODÉ
La transmission

Gaston-Paul EFFA
Le cri que tu pousses ne réveillera personne

Mambou Aimée GNALI
Bèto na Bèto. Le poids de la tribu

Emmanuel GOUJON
Depuis le 11 septembre

Sylvie KANDÉ
Lagon, lagunes

Justine MINTSA
Histoire d'Awu

Boniface MONGO-MBOUSSA
Désir d'Afrique

Amal SEWTOHUL
Histoire d'Ashok et d'autres personnages de moindre importance

Sami TCHAK
Place des fêtes
Hermina

Amos TUTUOLA
L'ivrogne dans la brousse

Abdourahman A. WABERI
Rift   Routes   Rails
Transit

*Composition Interligne
Reproduit et achevé d'imprimer
par l'Imprimerie Floch
à Mayenne, le 20 mars 2003.
Dépôt légal : mars 2003.
Numéro d'imprimeur : 56880.*
ISBN 2-07-070334-7 / Imprimé en France

122993